나는 여기 있습니까

사이펀 현대시인선 19

나는 여기 있습니까

© 2023 안영숙

초판인쇄 | 2023년 12월 05일
초판발행 | 2023년 12월 10일

지 은 이 | 안영숙
펴 낸 이 | 배재경
펴 낸 곳 | 도서출판 작가마을
등 록 | 제 2002-000012호
주 소 | 부산시 중구 대청로141번길 3, 501호(중앙동, 다온빌딩)
　　　　　서울시 도봉구 도당로 82(방학1동, 방학사진관 3층)
　　　　　T. 051)248-4145, 2598　F. 051)248-0723　E. seepoet@hanmail.net

ISBN 979-11-5606-245-5　03810　정가 12,000원

※ 이 책은 2023 지역문화예술인지원공모사업 〈철원문화예술지렛대〉의 일환으로
　　(재)철원문화재단의 지원을 받아 제작되었습니다.

사이펀 현대시인선 ⑲

나는 여기 있습니까

안영숙 시집

도서출판
작가마을

시는
완성품이 없다
시인도
완성품이 없다

문자의 살을 깎고 다듬어
나를 닮은 오브제 조각상 하나를 세상에 내놓는다

범람하는 물음을
시詩로 세공하는 작업을 했다

질문과 답이 필요충분조건은 아니지만
독자들이
자신만의 답안을 도출해내는 시간이 된다면
그간의 빚진 잠을 모두어
시집 속에 하릴없이 잠길 수 있을 것 같다

감사해야 할
모든 이들에게
문자로는 다 전하지 못할 진심을 속으로 우려내 본다

2023년 겨울
안영숙

안영숙 시집

· 차례

005 · 시인의 말

1부
· 오늘은 쉽니다

013 · 땔감의 유서
014 · 9시 뉴스의 실체
016 · 나는 여기 있습니까
018 · 어머니의 지우개
020 · 잠을 선동하는 트릭
022 · 오늘은 쉽니다
023 · 연애의 파산신고
024 · 폐가의 잔치 소리
026 · 연애소설의 구성 5단계
028 · 산 낚시의 꿈
030 · 라면의 파랑주의보
032 · 꽃이 피지 않는 바다
034 · 구두는 벗겨질 듯
036 · 강철꽃의 영원하지 않은 영원
038 · 개수공사
040 · 내가 발아한 섬
042 · 병든 치유

2부

·

잡 job

시리즈

047 · 영어도서 대여 팀장의 실직일기

050 · 돈사 관찰노트

052 · 카드수집가의 고상한 게임

054 · 철 떠난 이야기

056 · 엑스트라 배우의 꿈

058 · 아직 에어로빅 학원은 오픈 중

060 · 첫 번째 유치원, 그리고 마지막 유치원

062 · 파랑새와 지빠귀

064 · 장어즙을 팔아라

066 · 첫사랑 티코와 학습지 선생의 회고

068 · 운전학원 강사의 데생

070 · 캔디가 아닌 캐디

072 · 택배의 시간은 무겁다

074 · 주부라는 이름으로

siphon

• 차례

3부

• 도플갱어

077 • 당신의 수저

078 • 이상의 '날개'를 읽고

080 • 향수병에는 향기가 없다

082 • 도플갱어

084 • 가을 산행의 기특한 후유증

086 • 불면의 소란

088 • 삶을 건진 건지 죽음을 건진 건지

090 • 나와 타인의 감옥을 오가며

092 • 시작始作이 어려운 시작詩作

094 • 아이덴티티

096 • 문자가 도둑처럼 사라졌다

098 • 대추 털이

100 • 목비처럼

102 • 이별을 앓는 밤

104 • 홀로 끄적이는 가을 정경

106 • 옛사랑

108 • 신발 찬양

4부

• 외 계 인 의 고 백

111 • 살아있는 죽음은 탄생으로의 회귀

112 • 기다리면 올까요

114 • 내가 보내고 싶은 하루

116 • 달려갈 수 없는 길

118 • 모놀로그

120 • 길 고양이에겐 길이 없다

122 • 열리지 않기 위한 문

124 • 외계인의 고백

126 • 외로움의 메커니즘

128 • 휴가

130 • 흐르는 모든 것의 중심은 나

132 • 백운계곡 흥룡사에서 한 해를 접으며

134 • 잠들 수 없는 나무

136 • 연꽃과 십자가

138 • 교회의 다락방이라도 좋다

141 • **해설** | 단절된 세계의 매듭을 찾으려는 시적 여정
       (정 훈)

siphon

사이펀
현대시인선
19

나는 여기 있습니까

안영숙

제1부

오늘은 쉽니다

땔감의 유서

나는 어떤 이의 손에
베어지고 찍혀졌다가
코끼리만 한 난로 속으로 갈등 없이 버려졌다

네모 속에서 네모바깥을 네모스럽게 내다봤다
사람들이 하나둘 네모로 끌리는 듯했다
언제 이렇게 해처럼 달아올라 후끈대는 혼돈 속에 두근
거렸던가
아, 꽃을 낳았을 때

허공의 내부에서 눈꽃이 터져 나왔다

불빛은 서서히 어둠을 긁어내고
나의 골수는 명멸하는 밀실 끝에서 보풀이 일어났다
이대로 세계의 종점에 도달한 단면이 되는 줄 알았다

불의 씨앗이 반딧불이로 재생하며 재로 탈의하고
화장火葬한 세포에서 다시
아름드리나무가 달빛을 착의하게 되리란 걸
먼 우주로부터
극비의 고요가 떠드는 진실을 엿들었다

차츰차츰 눈발이 안검眼瞼을 덮고 있었다

9시 뉴스의 실체

오늘을 듣고 배탈이 났다
그래도 내일까진
어제를 뱉어낼 테니 뱃속은 걱정하지 마시길

병원에선 불안성 우울장애란다 배는 안전하다

치명적이지 않음 단 한 글자도 낭비하지 않는 멘트

카메라에 바싹 구워진 아나운서들의 성형 미소가
개종한 사건 사고보다 기이하고
갈증이 리모컨을 찾다 말의 변비에 고꾸라진다

오대양을 건너온 숙성되지 않은 소설들이
눈 밑에 쌓여 조작된 피부로 단단해지면 다크써클이 된
다

만져지지 않는 남자가 소파에 누운 나를
간추린 기사도 없이 탈당시킨다

사람을 쬐지 못한 나의 9시는
침묵 한 수저로 조립공정이 씁쓸하고
디지털 세계는 재건축 끼리들로 호황 중

뉴스 바이러스를 완전히 박멸시킬 수 있는 백신은 없을까

이제 그만 풀지 못한 방정식의 코드를 뽑는다

조제 해 온 약을 먹고 다시 배탈이 났다

배와 정신 그리고 9시 뉴스는 밀접한 연관성이 있는 것으로 사료된다

나는 여기 있습니까

나는 나를 볼 수 없습니다
나는 종결되었나요
봉분이 없는 마른 죽음인가요
물음표를 들고
어디에도 없는 나를 찾아 매일 공회전을 합니다

사람들과 대사를 볶고 뒤집고 있는 이가
안경 너머로 제 이름을 알려주지 않습니다
교차하며 걷고 있는 양 허벅지는
어디로 가는지 용건이 없었고
나 몰래 내 규격 안에서 베개를 차지한 이가
나인지
신원조회가 필요합니다

거울 속의 보이지 않는 나는
더욱 완고한 덫입니다

안과 밖 접점의 상피조직 어디에도 나는 허전합니다

처음부터 없었고
나중에도 없는데
중간에만 있다는 것도 어불성설입니다

〉
당신은 여기 있습니까?
나는 증거가 없습니다

이제부터
나는 나를 밀수하러 부유浮遊하겠습니다

통행에 불편을 드려 죄송합니다
나는 '공사 중'입니다

어머니의 지우개

어머니는
야간에는 계시지만
주간에는 살지 않으십니다

아침부터
모퉁이를 돌고 돌아 결벽처럼
등 뒤에 떨어진 세월의 때를 밀고 다니십니다
아들의 심술궂은 장난을
치맛자락 꼬집던 딸의 애교 끓는 살가움을
이미 얼룩조차 핼쑥해진 아버지의 베갯잇 살 냄새를

마당에 내비치면
낯가리는 꽃들의 이름까지 모르쇠 하지 않으시고
활짝 옷 입혀 주시곤 했는데
당신의 심장에서 맹아*한 이름은
사계절의 냄비가 타들어 가도록
입술에 새기지 않아 말소됩니다

당신이 머물던 다육이들 물 주는 시기도 지우시고
당신이 맹신하던 우리들 밥때도 지우시고
지워졌다는 기척마저 지우시고
당신에게 길들여졌던 손자국을 반환하며 지워지십니다

〉
이제
당신이 내려앉아 밑면이 꺼져버린 이곳에
밀도 높은 지우개가 간곡한 오늘
아무리 힘을 주어 밀어봐도 당신의 이름은 한 자도 지워
지지 않고
당신이 그려놓은 밑그림만
물 때 낀 현미경 아래 초대형 모니터로 확대됩니다

* 맹아: 풀이나 나무에 새로 돋아 나오는 싹

잠을 선동하는 트릭

아침이 등을 세워 일어나면
1초가 하루 같고
1분이 영원 같습니다
오늘이란 무엇으로 갚아야 하는 입증일까요

그래서 잠을 선동합니다
그나마 잠을 자고 나면 시간이 한소끔 잘려나가 있습니다
그렇게 잠이 늘면 오늘이 줄고 나는 안도합니다

잠의 과잉으로 꿈속이 현실 같고 현존의 현실이 생경합
니다
그래서 현실을 구명하러 꿈속으로 탈주합니다
밤이 턱밑까지 찰싹이면 굴종하듯 잠을 잇습니다

사람들과 대화를 하면서 잠을 선동합니다
사람들과 밥을 먹으면서 잠을 선동합니다
회식 때 열창하는 목이 칭얼대도 한켠에선 잠을 선동합
니다
그렇게
독단으로 독선의 잠을 선동합니다

하루종일 잠을 선동하고

한 달 내내 선동하고
살아져 있는 동안 선동하다가
어제가 정지하면
비로소
선동의 밸브를 잠그고 불후의 잠을 누이렵니다

오늘은 쉽니다

눈[目]에서 잠시 내려와 봅니다
껍질의 부재

내가 압축되어 알집이 되면

물리적 우주보다
광활한
우주가
나의 내부에서
눈을 뜹니다

그것은
태초의
빅뱅만큼이나
경이로운 발견

평행이론 속
또 다른 운명을 만나러
파계罷繼*하는 여행자에게
나의 하루는
셔터를 내리고

오늘은 쉽니다

* 파계 : 양자 관계의 인연을 끊음.

연애의 파산신고

사진을 읽었다
정지한 내 얼굴과 당신의 얼굴이 말이 없다
우린 서로의 어깨에 손을 얹고 있지만
물속의 바람이 통과하지 않는다

우리 사랑은 설익은 무화과
혀에 닿으면 쩍쩍 갈라지는 주이상스*

마주 보던 눈동자의 파동이 암기되지 않는다

미궁에 빠진 궁합이 최상품은 아니었나 보다
부당한 오해들이 쓸려와 좌초되었다
무례했던 각자의 풍경에 반창고를 붙여 주지 말자

끝이라 여겨지지 않는 이 샤머니즘에 대한 반발은 한낱
아이러니다

연애도 신용회복이 가능할까

창공의 문양 밖으로
비익조 한 쌍이
우리의 화티를 훔쳐 달아나고 있다

* 주이상스 : 고통스런 쾌락

폐가의 잔치 소리

저렇게 낮은 집이 왜 그리 높았을까요

방바닥은 생기를 상실하고
벽에는 반항하던 오빠 손등의 피 냄새도 휘발되어 달아
났는데
문지방엔
복수腹水* 가득한 아버지에 대한 원망만이 복수復讐*로 박
혀 있어요

떠들썩한 음표는 부서진 마룻바닥 틈새에서 얼기설기
틀어지는데
복사꽃처럼 달달한 막걸리 냄새는 응달진 동네를 한 바
퀴 돌아
오그라든 체구 안으로 비집고 들어와 털럭 이며 주저앉
습니다

마을 어르신들 울퉁불퉁한 정情 견인하여 끌어안고
구수한 가락에 춤사위를 켰었던 모닥불 같은 편린들과
잔치 전 냄새가 버무려져 꺼끌한 입속이 허기져옵니다

문마다 꽁꽁 단추를 채웠던 겨울밤에도
볼록하게 눈 쌓인 댓돌 위에서

아버지의 털고무신을 빗장 걸고 자던 우리 집 누렁이는
어느 개장수에게 입양됐는지
　개집도
　우리 집도
　덩그러니
　번지 없는 바람의 입구만
　밀리지 않는 월세를 내고 있습니다

*복수(腹水) : 배 속에 장액성 액체가 괴는 병증
*복수(復讐) : 원수를 갚음

연애소설의 구성 5단계

갓 말린 수건에서 나는
고소한 햇볕 냄새 같았던 우리의 발단

오늘도
전개되지 못해 세안하지 못한 나를
방금
너의 그늘 앞에
한 됫박
은닉하고 돌아왔다

나를 탐독하지 말기를

그리움을 밀어낸 너를
아직도
그리움으로 끌어당기고 있는
이 부적절한 위기에 대하여

너는
깨워지지 않는 칠흑의 아침
재워지지 않는 화약의 밤
공명하는 절정이 흐너진다*

〉
나도
모른다

이 길의 <u>결말</u>이 어디서 장난처럼 울음의 귀 페이드 아웃[*]
될지

---

* 흐너지다 : 포개져 있던 작은 물건들이 낱낱이 허물어지다.
* 페이드 아웃(fade-out) : 화면이 처음에 밝았다가 점차 어두워지는 일(시나
  리오 용어)

산山 낚시의 꿈

    – 심마니 친구의 죽음을 애도하며

숲속 바다로 낚시를 하러 가자
찔레꽃 머리*의 수풀을 헤집고 참방참방 걷다 보면
오색의 풀벌레 소리 수초의 크랙 사이에서 깨어나고
오늘의 대상어 곰치 향을 쫓아
잔물결 일으키며 올라가는 길
흰 속곳 구름 속으로 나를 비워내면
컹컹 짖던 가시 박힌 속앓이가 발밑으로 솎아져 내린다

토실토실 땀방울이 나이테 굵은 옷깃에 알알이 배어들
고
 풀숲의 젖가슴을 열어젖히자
씨알 작은 녀석들은 제멋대로 살라 하고
손맛 즐기며 낚은 대물
아물지 않을 것 같던 욕지거리가
쏘아 올린 환호성에 들쩍지근해질 쯤

수중 여*에 앉아있던 꿩 한 마리, 퍼드덕
릴을 감는 발자국 소음에 넘실대다
공중의 한 움큼을 베어 물고 솟구친다

챙모자 틈새로 햇살은 폭우로 쏟아져 내 광기가 발끈하
고

빛기둥에 기대섰던 잡목들의 대화가 이울어 갈 쯤
장화 신은 발목의 수영이 느려지면

조황이 좋아 어깨 시끄러운 배낭을 메고
원추리처럼, 참나리처럼 너무 고운 것은 죄악인 것을
숲속 바다를 헤엄쳐 내려오는 내 다리엔 지느러미가 방
탕하게 하늘거린다

어느새
방바닥이 되어 하루를 덮고 납작하게 펼쳐지면
다시 떠날 출조에 밀물처럼 건너오는 설레임
다음 대상어는 삼지구엽초로 할까
갓 구워낸 달은 비루한 창가로 들어와 동침하고
　…
병실에 누운
너에게 바치는 마지막 시詩가 젖는다

* 찔레꽃머리 : 초여름
* 수중 여 : 물속에 잠겨 보이지 않는 바위

라면의 파랑주의보

이제부터 로또처럼 맞지 않는 너와 나를 8 8 끓여볼까 해

난 에스프리*한 걸girl
첫 단추는 내가 풀고 싶어
섹슈얼한 스프의 향기로운 침입
너는 면의 초입만을 고집하는 호모사피엔스의 안티

난 짧은 단발이 좋아
내가 두 조각 세 조각으로 실실 쪼갰다니
긴 생머리만 고집하는 누구 때문에 혀가 비꼬이다 얼얼
데이겠다

너의 잔소리는 텁텁한 개그성 잡설
유니크한 입맛은 계란유골
옹졸한 그릇에 너의 뾰족한 측정 수치를 수북하게 담아
주지
잘 익은 설명도 지나친 과식은 금물이란 걸 알아야 해

난 쫄깃한 삶이 좋은데 넌 기다림의 미학이 좋다고 푸욱
삶잖아
이대로라면 우리도 침대 위에서 퍼져 버릴지 몰라

달걀과 파는 고유한 성품을 모독하는 완벽한 저항
너와 나의 배합이 힘든 건 견해가 달라서가 아니야
라면이 끓기 시작하면 파랑주의보가 발효될 거야 금방
화가 넘치면 수습은 통점이 돼 주의하길 바래

원래 사랑이란 조금 짜고 매울 수 있는데
넌 관계하는 모든 숭배가 염분이 모자라 싱거워

헌법에 준하는 요리법이란 몽상일 뿐
내 말이 맞는 게 아니라 취향이란 언제나 옳은 거야

냄비뚜껑에 먹는 걸 풍찬노숙자라 했던 말
그래, 새콤달콤 사과할게
낭만의 기준은 모호한 숲길에서 길을 버리는 것

가장 맛있는 라면의 정석
그건 너와 나의 혓바닥 돌기에 기록 되어 있어
엄마의 뱃속에서부터

젓가락의 합궁 시간
불이나 *끄자*

* 에스프리 : (프랑스어)문학에서는 자유분방한 정신작용을 이른다.

꽃이 피지 않는 바다

불량한 그리움이었다

둘둘 말아 쥐었던 기억의 세포들이 곰삭기 시작할 무렵
아버지의 소식은 제주 앞바다에 퇴근하여 목이 메었다

땅의 마지노선
테트라포드 사이로 나약한 반발들이 훅훅 빠져들곤 했다

바람 모서리가 따갑다

차가운 마그마처럼 파도는 초췌한 노래로 수만 번 울렁
였고
낚시꾼들이 벗어놓은 발자국들만 촘촘 복사되어 자라날
뿐
발아하지 못한 내가 성장을 멈추었다

바다의 안감을 직조하는 해녀들의 독백은 이어도에 머
무는데
아버지의 이름을 축조하는 일은
무너져 내리는 곤혹스런 노동이 되었다

섬은 마침표가 되어 에둘러 외면하지만 접속사의 다리

를 놓아
 열차의 궤도 같은 대화를 어떻게든 꿰매고 싶었다

 나는 이제 파도에 젖지 못한다

 꽃이 피지 않는 바다
 곧
 눈이 오겠다
 짭조름한 눈, 물이 오겠다
 해장술 대신 짠 내를 벌컥벌컥 들이키다가 헝클어진 채
 나는 빗겨지지 않는 바다가 되었다

구두는 벗겨질 듯

출근 시간

구두들이 헐떡인다

낯선 시선들이 표류하는 지하철
줄을 선 구두들이 정차하면
빵소니친 어깨들에게 치여 괴저壞疽한 사과들이
구두에 밟혀 끈적이는

이곳은 카오스의 신발 매장

출구엔 태양이 전광판인 양 못 박혀있고
찌라시가 은행잎처럼 흩날리면
고속 스텝 구두에 짓밟힌 활자들이 고사枯死한다

정장 입은 빌딩 속
뮤지컬 배우 같은 구두들의 얼굴이 섬뜩하고
까칠한 구두가 예고 없이 한 바퀴 훑고 지나가면
후미진 자리 소심한 구두가 풀 죽어 옹이 진다

하루의 셔터를 내리고
날 선 언어에 치여 굳은살 박인 구두들이 하나둘씩

술집으로 편입되고
발광發光하는 오로라에 취해
눈이 풀리고 혀가 꼬이면 구두가 꼬이고 거리가 꼬인다

밤을 헹궈 어디쯤 널어두고 낮의 짝퉁
졸음을 게워내는 민낯의 구두들이
제 신발장을 찾아 내비게이션을 켜댈 때쯤
미터기 꺼진 걸음 울렁거리며 가는 구두마다
이카로스*의 날개가 순筍 오른다

구두는 종일 벗겨질 듯 벗겨질 듯했다

* 이카로스 : 그리스 신화에 나오는 인물. 백랍(白蠟)으로 만든 날개를 달고
  미궁을 탈출하다가 태양에 너무 접근하는 바람에 날개가 녹아 바다에 떨어
  져 죽었다.

강철꽃의 영원하지 않은 영원

당신은 선명한 환각이었을까요
여우비는 비에 햇살을 엮어 온화한데
뿌리에게 버려진 발끝이 흙까지 닿지 못해 시렵습니다

헝겊 인형의 신경세포를 활짝 옹호한들
칼집이 난 향기는 수선할 수 없어

저는 꽃이지만
꽃이 아닙니다

벌이 체류하지 않는 꽃
바람에 활갯짓하지 않는 꽃의 바닥을 찾아주세요

영원히 영원하겠지만
영원히 황폐한 영원이겠습니다
그것은 영원히 조화造花의 역설을 파종하는 허무

눈보라를 관통해서라도
철조망을 월담해서라도
맨드라마빛 근원을 파내어
정수리에 정박해 주시겠습니까

〉
밤낮없이 가로등 흔들어 깨워
당신의 스틱스강* 너머
강철꽃 분방芬芳*의 닻을 내려
영원하지 않은 영원으로 정제되렵니다

* 스틱스강 : 그리스 신화에서 저승을 일곱 바퀴 돌아 흐르는 강. 또는 강의 여신
* 분방 : 꽃다운 향기

개수공사

셀프 리모델링으로
뭉그러진 집 수리를 마감했다

이제
한도의 여분은
언제 붕괴될지 모를
이드id*와 초자아*의
골조 보강

벽마다 물이 샌다
나는 왜 둘인가 셋인가 여럿인가
분열해선 안 되는 것들에 속하는 정신
벽의 가죽에서
검은 곰팡이 요란하게 우글대고

내면의 정수精髓를
보수하고 단장하기 위해
시공도를 들고
먼지가 발진하는
지하실로 내려가
날마다
추락지점으로 뛰어내리고 있는

달진한
웅덩이 하나
철거해 왔다

* 이드(id) : 인간 정신의 밑바닥에 있는 원시적, 동물적, 본능적 요소.
* 초자아 : 자아가 원시적 욕구를 억제하고 도덕이나 양심에 따라 행동할 수
  있게 하는 정신 요소.

내가 발아한 섬

천백 고지를 지나 제주시에서 중문까지
시외버스는
수만 번 용트림 끝에
나를 뱉어두고 소실점을 향해 도주했다

끄덕이며 졸다 보면
칡넝쿨처럼 휘감고 올라온
젤리처럼 말랑말랑한,
생마늘처럼 코끝 매운 이야기들이
어린 주머니에 두둑하게 채워지곤 했다

시간은 자를 대고 직선을 긋는데
삶은 초가지붕의 새끼줄마냥 꼬여
비꼬인 나를 칭칭 동여맸다

이 끝에서 저 끝을 돌아 원점으로 복고된 것 같은데
이국의 체취를 역청 대신 수입해 깔았는지
입고 벗기 불명확한 신작로 위에서
모자이크 처리된 누군가 눈, 코, 입을 기웃대고
나는 기약 없이 떨궈지는 별똥별의 꼬리를 박음질하고
있다

노면의 요철 위를 출렁이다 보면

술래잡기, 고무줄놀이, 공기놀이하던 유적지 안에서
수천 번씩 줄어들었다 늘어나곤 한다

바다 위
생사경*에 이른 갈매기 물빛 문장으로 훈육하고
그 입김 내리쬐는 통통배 위에서
겨우 새우깡으로 수업료를 갈음한다

짠 바람에 익은 곰보 돌멩이 하나, 불쑥
날짜가 지층으로 괴인 돌담 사이에 땜질하고
냉가슴이 되어버린 배낭을 등에 태워 어른다

이곳은 내 그리움의 생산지
심장 속에서 부식되지 않은 채 식지 않는 섬

비행기 창문 밖으로
섬의 옷깃을 붙드는 손길은 토네이도 속에서 절삭되고
점멸해 가는 비인칭의 어머니여

AI는 그것을 '고토故土'라 기록했다

* 생사경 : 인간의 생과 사를 초월. 우주 만물의 법칙을 한눈에 꿰뚫어 내는 무
  예의 최고경지

병든 치유

고장 난 예감이 듭니다

병원에 갔지만
어떤 최첨단 장비도
병들지 않은 환부를 가려내지 못했습니다

머릿속의 뇌관은 폭발 직전이고
심장에는 몇만 볼트의 전류가 실타래처럼 엉켜있는데
이상 소견이 없습니다

신경정신과의 비상계단을 노크했더니
환자처럼 앉아있는 의사의 멍울이 훨 심오해
다른 칸으로 나갔지만 빈 칸이 없었습니다

비정상이 정상을 데리고 나섰지만
수리를 맡기려 해도
접수가 정전이라니

코스모스cosmos로 비상하는 시대의 첨단도
영혼의 충치 먹은 자리를 폭로하는 일은
녹록지 않나 봅니다

〉
오늘도 나는 고장 난 채로
서비스센터를 전전하고 있습니다

사이펀
현대시인선
19

나는 여기 있습니까

안영숙

제2부

잡 j o b 시리즈

영어도서 대여 팀장의 실직일기
- 잡job 시리즈 1

눈 밑에는 수여받지 못한 훈장이 흉터로 남아있다
사라질 기미가 보이지 않는 기미
추억이라는 명찰만은 꽂아 주고 싶지 않은 열병의 문신

장미족*에서 구출한 병든 젊음을 꽁꽁 싸매고
언제 죽어져도 납득할 수 있는 봉고차는
장날의 길을 느슨해진 혀로 분진을 핥고 다녔다

에베레스트산은 정복하라고 있는 새벽의 본보기
선별된 고급아파트 단지를 공략하고
장이 피는 날짜를 압정으로 고정하면
관리실에선 토막 난 지구에도 값을 매겼고
부스는 칸막이로 공간을 분류하며
부들부들 새다리로 허공을 버텼다

건축물의 내장재로 입실하는 날에는
예닐곱쯤 되는 눈동자가 새파랗게 나를 심문하고
균열과 밀당 끝에 신청한 두 개의 서명이 반란을 섭취했
다
어항 속엔 영어 과외 선생이 밀정처럼 용해되어 나를 기
망했고
어쩐지 나프탈렌 냄새가 매스꺼웠다

〉
9와 3/4승강장*에서 만난 아이들은
원서를 자작곡처럼 연주했고
더듬거리는 알파벳을 들키지 않으려
소매 속에 서식한 내가 사랑니처럼 불쑥불쑥 아팠는데
프리토킹을 하는 남편이 능력과 무능의 실금 사이에서
망원경으로 웃음의 파열음을 쏘아 보내곤 했다

국회의원은 왜 유세를 선전하는지
스피커의 아가리가 가느다란 음파의 진동을 게걸스럽게
합병했다
악수를 걸쳐오는 강강한 파동에게
민생의 밥줄 생목을 끊지 말아 달라고
말벌처럼 송곳을 내 꽂았다
노동법을 위반한 노동이
주말을 상납하고
공휴일을 숯검댕이 칠하며 지냈던 시절 속에는
리모컨마저 무거워 엉덩이가 헐지 않았고
정치인의 유명세는 색맹처럼 분별하기 고단했다

강강한 목소리는 삼선 국회의원이 되었고
나는 적은 날이 지나고 탈신도주했다

월급통장엔 몇 달째 숫자가 밟히지 않았고 비전은 묘연
해 보여서

그렇게 근로의 날은 소거되고 나는 다시 백수로 취직했
다

* 장미족 : 화려한 취업스팩을 가졌지만 장기간 취업을 하지 못한 구직자
* 9와 3/4승강장 : 해리포터 시리즈에 나오는 승강장으로 호그와트로 향하는
  기차는 런던 킹스크로스 역 9와 3/4승강장에서 출발한다.

돈사 관찰 노트

- 잡job 시리즈 2

이곳은 넌센스 공장

천장엔 프랑스 수도 이름이 벌떼처럼 붙어있고
줄줄이 매달려있는 무덤이 먼지 입은 선풍기 바람에 멀
미를 하지
노린내가 깨진 벽 틈에서 진동하는데 정작
돼지들은 제육볶음으로 환생하여
우리들 뱃속에서 소화가 되는 거야

파눙*을 허리에 두른 수줍은 반라의 몸
때 낀 창가를 달리며 샤워를 끝낸 형광색 미소가 뚝뚝
떨어지곤 해
짜뚜론은 태국의 어린 사내
허리까지 오는 긴 생머리는 배냇머리 같아
지금쯤 빈 둥우리엔 앨범만 남아있겠지

분만사인 푸르바는 아들이 보고 싶대
녹슨 핸드폰 속에서 그리운 살덩어리 하나 꺼내
내 목구멍 속으로 울컥 밀어 넣어줬어
야간근무 석 달째
측은함을 꾹꾹 눌러 담은 도시락과 바나나 한 개
연신 고맙습니다가 눌변으로 잇몸에 들러붙고

푸르바의 푸르름은 밤길로 사라져 보름달로 차오르곤 해

네팔에서 온 밍마는 컴퓨터 공학도
히말라야를 넘어 항공료를 지불하고 도착한 강원도 철
원의 돈사
당찬 포부는 트럭 따라 도살장으로 끌려가고
한탄강을 내려다보며 바그마티강 울먹이겠지

볼펜만큼이나 무거운 프라이팬 놀이
햇볕에게 임대하고 싶은 건 보드만 한 도마나 거인용 냄
비 대신
계륵 같은 잡념의 채나물들 꼬들꼬들 말려
소금 같은 비 내리는 날
아무렇게나 무쳐 먹을일이야

주방에선 발라드 음악이 한 솥 끓고
스마트폰 레시피로 요리사 된 시인이 만드는 케이 푸드
수북수북 피어나는 밥 냄새 쫓아
서툰 인사말을 오물거리며 줄을 서겠지

* 파눙 : 태국 남성이 착용하는 전통적인 허리 옷

카드수집가의 고상한 게임
     – 잡job 시리즈 3

나는 카드 매니아
이 하우스게임의 승률은 5대5
어차피 인생은 모 아니면 도

생계를 취미로
모집을 수집하러
가진 패를 팽팽히 조여본다

빌딩 타기*를 블러핑*하듯 베팅하고 싶지만
사기꾼도 아닌데
명치에서 벌건 천둥이 켜지는 건
잡상인의 주홍글씨를 배고 왔기 때문일까

딜러가 문을 오픈해 주기 전
미소는 비즈니스로 장전되고 자동소총처럼 연속 발포되
지만
카드 조합이 하한가를 치며 판돈은 쓸려가고
문전박대의 서슬 퍼런 칼날이 아킬레스건을 긋는다
나는 언제쯤 반가운 적敵일 수 있을까

플레이어는 초면이 낫다
낯익은 포커판은 익숙함이 오히려 통렬한 배반이 되는 법

안면인식장애를 앓고 싶은 충동이 노페어*다
일부러 모르고 싶은 사람
반드시 알아봐야 할 때 알아보지 못한 난감함이 제로섬*
이다

옆 건물에서 새어 나오는 플레이어의 표정에는 로얄스
트레이트 플러시의 자욱이 선명하고
이번 게임은 그에게 운수 좋은 날
길 건너 설렁탕집으로 향하는 양날이 조커처럼 덜컹댄다

집으로 돌아가는 버스 안에서 나는 여전히 사람의 머릿
수를 한 장 한 장 세고 있다
이제 그만
올인이다

* 빌딩 타기 : 한 건물에 들어가 각 층 사무실을 돌면서 자신의 명함을 돌리
  며 영업하는 일
* 블러핑(Bluffing) : 자신의 패가 좋지 않으면서도 패가 좋은 것처럼 베팅을 자
  꾸 올리거나 계속해서 콜을 받아서 따라가는 전략. 허세 부리기
* 노페어(No Pairs) : 똑같은 숫자도 무늬도 없을 때(확률:50.1177%)
* 제로섬(zero-sum) : 쌍방 득실의 차가 무(無)일 때. 한쪽이 득을 보면 반드
  시 다른 한쪽이 손해를 보는 상태.

철 떠난 이야기
– 잡job 시리즈 4

교육의 일번지
거기가 강남 학원가란다
팔만칠천육백 시간이 홀러덩 미끄러져 넘어가도록
실장으로 개시해 실장으로 낙관을 찍었다

업무는 학원의 창창한 발전기금을 상향시키는 것
입시상담은 덤일 뿐
상담의 목적은 문제 해결이나 의논이 아닌 계약체결

타워팰리스*에 사는 어깨 넓은 아이부터
학원비가 밀려 눈치 낌새 살피던 비스듬한 아이까지
친구, 인생, 연애문제, 어떤 문제 아닌 문제까지
신뢰를 포기하지 않던 아이들은 가끔
엘피판처럼 튀었지만 오색찬란했다

방학이면
계절학기 수강 문의가 스프린트마냥 달렸고
입시설명회엔 수백, 수천의 학부모가 콘서트장처럼 이
글거렸지만
대부분 어머니들이라는 경악이 발작하진 않게 되었다

밤이 낮보다 극단적으로 밝아지면

학원 앞 파노라마는
학원버스와 학부모의 열성과 귀가 차량이 뒤섞여
후끈한 아사리판이 장관壯觀이었다

그 일상의 극점에서 맥주 한잔은 술이 아니라 약이었다

아이들의 청량한 웃음소리가 내밀하게 울려 퍼져 끊을
수 없는 병이 도지곤 한다

* 타워팰리스 : 서울시 강남구 도곡동에 위치한 고층 주상복합아파트로 초고
  층 대단지 주상복합 아파트의 시초.

엑스트라 배우의 꿈

　– 잡job 시리즈 5

죄수가 되었다

교도소 마당에는
인공 제설기까지 동원되었지만
화장기없는 눈이
펑펑 기울어져 쏟아지는 통에
환타스틱했던 겨울연가*의 스키장 씬을
재방할 기회가 북극을 비행했다

핫팩을 파스처럼 오목조목 접목하고
보온 내의까지 여러 겹 복사하여 붙임 한
베테랑 배우들과 달리
촬영 내내
나는 황태처럼 덕장에서 꾸덕꾸덕 말라 갔다

지방까지 낙향하느라
새벽잠을 욱여넣은 탓에
녹진해진 전세버스 안에서
방전이 되어 버린 오감이 꿈길로 흡착되었다

드디어

…

주연 배우가 되었다

많은 스텝들이
담요를 씌워주고 우산을 덮어주고
입술 온도에 맞춰 커피를 등대했다*

인공눈은 계속해서 머리맡에 쟁여졌고
나는 버스에게 강렬히 안긴 채
무궁한 허공에게 던져진 내가
그 겨울에서 내리지 못했다

* 겨울연가 : 배용준, 최지우 주연의 2002년도 드라마
* 등대하다 : 미리 준비하고 기다리다.

아직 에어로빅 학원은 오픈 중

- 잡job 시리즈 6

나는 감자꽃으로 싹 틔움* 하였다
내 아래에서 아이들이 해를 키워 옹골찬 감자가 되어 나
올 때까지
철사 같은 비를 받고 대못 같은 폭양과 겨루었다
이제 경첩들이 삐걱대는 동안
관절의 통로에서
아들딸의 학비가 누수되고 결혼비용이 누전되어
남의 뼈라도 고아 먹기 위해 사골국을 넣으러 간다

회원들은 돈 내고 추는 취미생활
나에게는 돈 받고 추는 찰진 노동

유통기한 지난 허리 수술받고도 널뛰고 있는
감기몸살에도 약 한 알 위胃에 풀고
불나방으로 탈각한
내게
춤은 밥이다. 반찬이다. 세계다.

기억을 눌러보면
지진이라도 깨어난 듯 작품의 순서가 뒤틀리기 시작하고
젊은 회원이 새 작품과 더 날렵하게 결친하여
동작마저 선생의 맞춤법보다 교과서가 되어 간다

청출어람을 승인할 수 없는 지대
무대는 점점 모래사막으로 격변하는데
내가 도달할 곳이 없다

매처럼 활공하던 운동화를
이제는 칠이 소진된 마룻바닥 위에서
벗겨내야 한다고 속닥거리는 전단지는
전봇대마다 유언비어를 생산한다

오늘도
해바라기 소나기로 쿨럭거리던 숨 가지런히 감기고
맥주 한 잔으로
버려야 할지도 모를 운동화의 목을 축인다

* 싹 틔움 : 인위적으로 종자의 싹을 틔우는 일

첫 번째 유치원, 그리고 마지막 유치원

- 잡job 시리즈 7

나는 미숙한, 유치한 사람의 선생

벽에는 동물원이 자라고 식물원이 울창해지자
한 장 한 장 동화책 속으로 덜 익은 어른들이 아장아장
들어왔다

입주한 손님들은 호빗족의 골룸*처럼
악의 없는 악마와 불량하지 않은 천사가 불쑥불쑥 번갈
아 튀어나오고
가끔 실례를 한 작은 사람은 납작해졌다가도
씻기고 여벌 옷이 사라지면 다시 훨훨 산뜻하게 날아다
녔다

색종이를 접어 소를 키우고 장미꽃을 재배하고
색연필로 사과를 익히고 흰 강아지 털도 염색해 주며
봉사자들의 음률에 엇박자 박수를 연주하다가도
간혹 실례를 쏟고 만 나이 많은 아이는 잠시 모조품이
되었다가
공용 욕실에서 수치를 모르는 부끄러움을 털고 나면
다시 흐느적흐느적 옆길로 정갈하게 걸어 다녔다

엄마와 떨어지지 않으려 담쟁이처럼 붙어 있는 아이를

부드득 떼어내어 차에 붙이고
　오열하는 부름이 꺼질 때까지 엄마 흉내를 내고
　낮잠시간, 낮처럼 놀겠다는 아이를 못난이 자장가로 모
작의 밤을 불러와야 했다

　빈집의 다리를 붙들고 땡깡, 억지 피우는 앞집 할머니
　아침은 비워지지 않는 빈집 때문에 채워지지 않는 할머
니 때문에 울적하고
　유치원 버스는 오도 가도 못 한 채 선생님은 파란 대문
을 시퍼렇게 울리고 있다

　사회도 모르는 사회성을 기르고 귀가한
　어린 풀이 포르르 엄마 품으로 달려들어 예쁜 숨으로 갈
아 피울 때

　저녁 6시가 되면 할머니가 푸르죽죽 들어선다
　빈집은 만월滿月이 될 할머니의 손을 엄마처럼 뜨시게 잡
아준다
　할머니 파르르 빈집 품에 안겨 날숨만 쉰다

　＊ 호빗족의 골룸 : 소설 '반지의 제왕'에 나오는 인물

파랑새와 지빠귀
 - 잡job 시리즈 8

파랑새에게 나랏 말을 강의했다
가르쳤지 가리키진 못하고
지도指導했지 지도地圖가 되지 못한
선생이 질료화 되지 못해 스승이 멸종한 빈칸에선 상한
냄새가 났다

숫자가 상승해서 월반해야 하는데 생떼를 쓰는 낙루에
게
각진 담임은 아니구나 둥글게 각주를 풀칠했다가도
여백이 없는 스케줄로 수업 중 과로로 낙화한 새를 목견
目見하곤
교무실로 들어설 때마다 내 책상에도 균사가 퍼지는 걸
혀끝으로 감지하곤 했다

파랑새의 머리엔 0과 1로 짜여진 전자회로가 용량초과
지만
벽이 닿지 않는 가슴엔 관계의 인터넷이 병들어 아이가
고갈되었다
하드는 발육하는데 파란 소프트웨어의 생장점이 난제였
다
우매하고도 잔인한 사랑은 오고 가는 길목이 상습 정체
구간이라

서행하지 못한 끈들이 매끄럽지 못하게 꼬여 서로 아팠
다

 쉼은 없는 쉬는 시간
 우두머리의 불붙은 노염이 복도까지 빙하로 번지고 있
었다
 파랑새들은 파래져서 파랬다
 교실 안에 교실처럼 들어서자
 맹수 같은 짱돌 하나가 와락 덤벼들어
 와장창 물어뜯고 할퀴어 산산조각으로 찢겨버린 내가
교실처럼 깨졌다

 그 뒤로 우리 반에선 파랑새가 들리지 않았다
 언 듯 문밖으로 반장격인 파랑새가 볼륨을 최저로 은밀
하게 울었다

 "너희들 떠들면 우리 선생님 또 혼나신단 말이야."

 날개 꺾인 파랑새가 쉼표 없이 마침표 없이 걷고 있는
새장 앞에서
 날개 없는 지빠귀 새 한 마리 파랑 파랑 파랑하게 울지
못해 설빙이 되었다

장어즙을 팔아라
    - 잡 job 시리즈 9

내무반 같아 보인 사무실은 잠실 운동장만 했다

영화 「매트리스」의 선글라스 요원처럼
윤기 입은 양복들의 꺼끌한 구호가 외벽을 뚫고 표적을
지나갔다

천체 중앙에 정차한 발화점들이
2인 1조로 쿵덕였고
우리는 도심을 사재기했다

나에게는 무릎 꿇고 너에게는 반드시 승전해야 하는 날
향기는 판매할 수 없었지만
팔아지지 않는 것 위에 팔리는 고가의 장어즙

노역을 피해
반나절 만에 손절했지만
그 찰나의 구간에도
매미 유충에게 한 상자 밀려갔다

나는 가끔 자발적 소외를 한다
이자를 곱해 턴테이블을 돌려야 하나
시골 매미의 뼛속에 진국이 들어찼다면

내 도덕의 무게는 한 국자 덜어질까

무명의 형체가 무탈하기를
나는
기도의 방 아궁이에 군불을 지펴 화신火燼*이 되곤 한다

* 화신(火燼) : 불에 타고 남은 끄트러기나 재.

첫사랑 티코와 학습지 선생의 회고

－ 잡job 시리즈 10

대우받을 차가 왔다
이발소 주인이 눈 부릅뜨고 튕겨 나왔다가도
블록쌓기의 최후처럼 불손한 인상이 무너지고 마는
동화책이 분만한 올드한 난쟁이 자동차
스티커가 한가득 집합하면
차 안에서 찰박이며 건져오는 선물 끝에
올망졸망 줄을 타는 햇님이들

아이들의 발볼만큼 빠듯한 골목길이
쪼개진 가지처럼 퍼져있던
내 구역엔
찢겨질 듯 헐거웠던 판자촌의 아이들이 맞닿아 있고
티비 속에서 견학 나온 부촌의 아이들이 허밍을 비명 지
르며
씨줄 날줄로 어긋 매어 나의
겨울날 스웨터가 되고
여름날 모시 잠옷이 되었다

대문자가 아니어도 품속은 느긋하고 풍만했던
찬란한 리무진 나의 티코
어느덧
뚜벅뚜벅 오선지 위에서 3박자로 왈츠를 오리고 있을

꼬물꼬물했던
어린 고객들이 문득 입안에서 서걱거린다

운전학원 강사의 데생

- 잡 job 시리즈 11

A, B, C, D 코스 요리
어느 철책선부터 돌며 이 신성한 자격에 대해 논의해 볼
까
오늘도 국군장병 단체로 단골손님 입대하고
도로를 수호하기 위해 작전 지역에 모였다

첫날부터
피크닉 모자 없고 온 신입이 달갑잖았던 홍일점 선배
라지 피자만 한 운전대를 혀끝으로 지휘하며
대형버스를 드론처럼 조종할 때는
잔 다르크가 교량구간까지 정체 없이 합류했지만
연탄불 하나 제대로 못 피운다고 결빙이 과적이다
특전사 출신이라는데 간호장교였는지도 몰라
주삿바늘 같은 낱말만 소반다듬이*하는데 양보가 없다

1톤 트럭 1호 차량은 출퇴근용 애마
종점에서 옆구리를 슬쩍 베인 어린 군인의 어깨가 노랗
다
봄날의 나른한 휴게소에서
긴장의 속도에 브레이크를 채운 강사의 부주의도 있기에
그의 응고를 면제해 주었다

삼십 년 만의 방치에서 피난 온 장롱면허
갈지자로 산다는 게 뭔지
열량 높은 캡사이신 연수를 시켜 준 목사 사모
춘천까지 왕복 세 시간이면 마진 없는 장사인데
낮달이 피었을 때 발차하고 별빛에 시들해져 귀착했다
침묵이 시끄러워 떠든 건 아니었다
그것은 공포를 감아 두른 가드레인
감은感恩이 손수 담은 개복숭아 효소 한 병
세모나게 생각하면 식은땀이 한 병 모였겠다

살다 보니 빨간신호등에도 멈출 수 없는 날이 있고
비를 쏟고 눈을 뿌려도 적셔지지 않는 갈라진 논바닥엔
인저리타임이 없고
유턴 표시판 앞에서 망설이던 바퀴가 비상등을 켠 채
풀려져 나간 중앙선에 발목이 묶여 굴절되곤 했다

* 소반다듬이 : 소반 위에 쌀이나 콩 따위의 곡식을 한 겹으로 펴 놓고 뉘나
  모래 따위의 잡것을 고르는 일

캔디가 아닌 캐디
- 잡job 시리즈 12

캔디는 달콤하기나 하지

비만에 가까운 햇살을 이고 일개미처럼 걷고 또 걷는 하루
실크로드를 건너고 있는 당나귀의 등짝에는
제 몸보다 무거운 시간의 모래가 쌓인다

참고 참지 울긴 왜 울어 하는 뽀글머리 양 갈래로 묶은
만화 캐릭터가 생각난다
오뚝이처럼 일어서는 주인공은 반전 없이 박수갈채를
받는다
나를 배제시킨 주연들에게
사각형의 갈채를 보내는 캔디 언니들

그늘집에서는 웃음소리가 불티나게 팔리고
욱신거렸던 땅이 부탁한 하늘에서는
국수가락 같은 빗줄기를 조금씩 뽑아내고 있다
굴속 같은 기분인데 잔디밭에선 엄마의 굴밥 맛이 풍겼다

낭만과는 척을 지고 살아가는 동안
한 알의 밀알이 되고 싶었는데
한 알의 공을 찾아 풀숲을 뒤지고 있다

해저드에 빠진 건 건져 낼 수 없는 나의 그림자

입안의 불특정한 공들이 굿샷을 외치고
달아오른 열이 두통의 횟수를 세고 있을 때
겨우 18홀을 끝낸
일당이
내일을 향해 날아오고 있다

택배의 시간은 무겁다
— 잡 job 시리즈 13

회사는 좀처럼 키가 작았다

육십 줄의 주인 내외는 컴맹이었고
주위의 허리둘레는 꽉 낀 채 내 몫이었다
김치가 터지고 해산물이 터지고
그러면
내 박스도 터져 버렸다

기사가 예보 없이 입원하여
배달일이 곱해졌다

한 해의 기승전결이 종결되기도 전에
주인 부부가 무람하게* 인수를 타진해 왔다

나는 이미 하중의 한계지점이었다

밤이 깊은 밤인데도
흠뻑 젖은 희망이 세상을 받쳐 들고 오면
나는 배송이 끝났지만
누웠던 내 박스가 다시 절뚝거린다

매일 인고의 이슬을 잠그고 싶은 날들의 중첩

고독한 디스토피아*

주부라는 이름의 직업

– 잡job 시리즈 14

직업란에 백수는 무지몽매해도 주부는 기거한다

하지만

365일 근무하고도 백수로 오인받는 수상쩍은 직업
제아무리 닦고 밀어도 얼룩은 복원이 무탈하고
오늘을 스캔해서 내일에 부착해도 티 나지 않는 별나게
괴이한 직업

휴일은 반려하고 보수는 용의하에 용접된 채 자신이 자
신 없는 방관의 직업
3D 업종의 병목 구간에서 지원자는 전체 파쇄될 듯한데
일손이 가장 풍족하게 재직하고 있는 국가의 근간이 되
는 탯줄 같은 직업

어떤 전문가를 모셔와도 종합적인 산울림은 불가한 수
준 높은 직업
그렇게 버라이어티 한 일들을 욕심내는 건 주부 자신밖
에 없는 특수한 직업

세상에 이렇게 황당한 직업이 있을까
세상에 이렇게 억울한 직업이 있을까
세상에 이렇게 위대한 직업이 있을까

제3부

도
플
갱
어

당신의 수저

가난이 수군대는
시인의 밥상 위에
그래도
마주 앉은
당신의 수저가 있어
삶은
오늘도
시詩가 됩니다

이상의 '날개'를 읽고

'나'는 '나'이기도 하다

책 속에서 걸어 나와 아니 내가 그리로 잠입하여
그와 함께 뒹굴며 의식의 출구가 묶였다
그에게 아내가 지급한 돈은, 남편이 나에게 지불한 돈은
종일 비를 맞으며 세상의 주술에 격리되다가
집이랍시고 귀래해서는 주먹을 폈을 때 그대로
손바닥 안에 경직된 채 진열되어 있는 무가치한 몽뚱아리

우리는 돈의 쓰임새를 모르는 동일한 범주의 부류이군
요 우리는
이곳에서 사육되어 지고
하루하루 모이를 공급받고 사는 동물이지만
어느 날이고 겨드랑이에서 날개가 이륙하여
값싼 천국을 내어주고 이상의 나라로 옮아갈 수 있지 않
을까요

곱슬대는 간지러움

사람들이 종종 물어요
방구석에 처박혀 뭘 하는 거냐고
혼자 벌이는 전쟁의 무거운 절망을 모르나 봐요

그거 아세요
일찍이 날개는 퇴화했다고 하네요

금홍*이는 그대의 유디트*
이제 그만 그녀의 페이지는 찢어버리고
나와 함께 건건이발*로 유랑을 떠나보는 건 어떨까요

'나'는 그대를 읽고 '나'를 만나 반가움에 질퍽하게 울었
습니다

굿바이

*금홍 : 이상이 잠시 만나 동거했던 연인
*유디트 : 구약성서의 외경 〈유딧기〉에 등장하는 여성. 구스타프 클림트의 그
  림으로도 유명하다.
*건건이발 : '맨발'의 방언(충남)

향수병에 향기는 없다

이곳은 지도에서 떠내려간 무인도

바다 잃은 갈매기
불 꺼진 등대를 찾아 애수의 편지를 열고
수평선의 혈을 따라 쓸려간 만삭의 운명을 교망하다*
포구에서 현무암으로 굳어버린 제주 바다야

물미역 내음새가 파도의 기왓장 사이 사이로 일렁이며
노스텔지어의 손수건을 읊조리는데
멍게 가시 신기해 집어 들다 몇 번이나
바다 품에 떨구던 내 단짝 친구는
어느 별로 이주해 갔는지

해녀가 물질하는 땅
수면위로 자라나는 한라산
바다에 절여진 시선이 목 메인다

캔버스 위에 자라나는 감귤빛 유채밭엔
꽃점치는 아이들이 팝콘처럼 터지고
동글동글 손가락 자국 찍힌 돌들이
어깨동무하며 줄 서 있는 돌담 아래
술래에게 잡혀 속상했던 아이가

유달리 되새김질해져 오는 오후

볼그스름한 뺨
유채꽃 뜯어 먹던 햇살 훔친 눈망울이
거칠어진 모세혈관을 타고 전이되면
거울 속 갈매기가 그리움의 생채기를 긁는다

* 교망하다 : 몹시 기다리다 발돋움하여 바라본다는 뜻에서 나온 말.

도플갱어*

둥지를
찢고 나간
네가
돌아오지 않는
굴뚝의 겨드랑이엔
입김조차 무뚝뚝하게 굳어 있고
창틀엔 불어난 낮잠의 찌꺼기들
불려지지 않는 이름과 함께 좀 슬고 있다

너를 입은 털은
뙤약볕에 헐벗고
화양연화가 부화하지 못해 배곯았을 저녁

간과된
도주의 시간이
마지막 끓는 점을 향해 꼬리를 흔들 때
이사 간
대문 앞에서

갸르르릉

허물어져 내리는 나와 마주했다

〉
언젠가

처마 밑
키 작은
동물이
그렇게
앙상하게
웅숭그리고 앉아
적막의 부피를 배웠다

* 도플갱어 : (독일어) 누군가와 똑같이 생긴 사람이나 동물 따위를 비유적으
로 이르는 말 또는 이중으로 돌아다니는 사람이라는 뜻. 분열된 또 다른 자
기 자신의 생령을 보는 심령현상.

가을 산행의 기특한 후유증

산신령이 상영하는 묵언을 청취한다

산천초목은 매니큐어 엎질러져 울긋불긋하고
밑창 아래로 바스락대는
가을 껍데기 허물 벗어 엉겨 붙는다

다람쥐 이빨 자국 인장 박힌 밤톨 더미는
불쑥 익명의 심연 속으로 발목을 삼키고
밤나무 각질에서 자라난 등줄기엔 식은땀이 퍼렇고 파
랗다

끙끙 봉합된 잡념들 속옷의 지퍼를 내린 채
아가미를 벌려 벌컥벌컥 산소 방울 폭식하고
공백없는 습자지에 흘려 쓰는
계곡의 액체 너무 얇아 으스러진 내가 엷게 해리된다

네일샵에서 도색한 나뭇잎들 바람 갈퀴에 풀어져
내 머리카락 경사를 따라 비뚤어진 다리에 손을 내밀면
아토포스*한 심마니의 사이렌을 대여받고 내가 캐낸 건
마트에서는 판매하지 않는 위로 한 병

통증은 걷히고

얼마간 약효가 꺼질 때까지 나는 유익한 부작용을 앓겠
다

* 아토포스 : 어떤 장소에 고정되지 않은 것, 정체를 알 수 없는 것이라는 의
미를 지닌 그리스어

불면의 소란

달은 깨져 눈감을 수 없는 밤
담보 가치 없는 언쟁들이
베갯속에서 물컹물컹 목말라 간다

빚쟁이 보고서는 애저녁에 이불 아래 누었는데
축축했던 하루가 잠옷 속에 기어들어 와
나 인 척 코를 곤다

유리창에 자라고 있는
가로등 불빛의 뿌리를 따라 내려가면
수런수런 피어나는 해묵은 생각의 토사물들

형광등은 머릿속에서 소등과 점등을 반복하고
빈털터리 호주머니 속에는 카페인의 잔해만 넋두리 중
이다

기도는 이루어지지 않기에 추앙될 뿐
언제나 갈무리되어지지 않는 말들. 말. 말. 말.

창문 밖 돌개바람은 구둣발로 귓속 달팽이를 걷어차고
깡마른 잎새들이 질러대는 고성방가
쇼팽의 자장가는 어느 24시 편의점에 가야 구매 가능한

것인지

 불면의 소란은
 내년의 밤까지 태우고 말겠다

삶을 건진 건지 죽음을 건진 건지

눈알 달린 창백한 휴지와
노상 위에서
네 개의 눈알이 충돌했다

배를 까뒤집은 여물지 않은 제비 한 마리
모아쥔 자궁 안에서
두 번째 부화를 시도하고

이 나간 수돗물을 쪼오 옥
딴딴했던 기지개가 한기寒氣를 벗는다

라면상자로 전셋집 하나 등기하자
어린 손님의 염치가 잠을 꾸린다

드디어
삶을 쌌다

휘리릭
공기가 요동치고
공중제비를 돌다 불시착하는 소형 비행기
형광등이 응급실에 착지한다

SNS와 선문선답을 마친 아이가 쨱쨱댄다
시범을 보여줘야 하는데 글쎄 누가 날지?
패러글라이딩이라도 배워둘 걸 그랬나?

아이는 굼벵이를, 나는 잠자리를 구슬려 인거하고
버둥대는 죽음이 생명으로 귀화한다

피그말리온*의 과신은 독소
깔닥대던 눈알이
네 방위의 동공을 교란하고
안와*에서 빠져나간 애도가
수북하게 녹아내린 바닥엔
상복을 벗어 던진 죽음이 파닥파닥 들끓었다

* 피그말리온 : 그리스 신화에 나오는 키프로스의 왕. 정신을 집중해 어떠한
  것을 간절히 소망하면 불가능한 일도 실현된다는 심리적 효과.(피그말리온
  효과)
* 안와 : 눈알이 박혀 있는 구멍

나와 타인의 감옥을 오가며

내가 타인이 되는 건
이종교배의 불륜일까
구ㅅ 신앙의 개량종을 발견한 쇼크일까

타인의 고통은
값을 산정하기 버겁지만
나의 수치數值는
저울의 눈금 보다
언제나
무겁다

그러므로

나는 내게서 탈옥한다

이제, 파양된 내가
진입할 수 없는 통로엔
타인인 듯한 내가
립싱크의 발음이 포개지지 않아
운구의 살의殺意에 실려 나가고

어쩌면

내가 타인에게 갇힌 수인囚人인지도 모른다

나는
나인가
타인인가
공허인가

타인과 나의 간격엔 거리가 없다

시작始作이 어려운 시작詩作

시를 낳는 사람들은 표현의 물감이 모자라 한아름 목이
저린가 보다

보리수 밑에 앉은 예수
골고다 언덕 위 십자가에 달린 붓다
욕구를 중단한 나
욕망을 움켜쥐고 있는 너
생각은 생각과 생각의 행간에서 평균대 위를 건너다가
진리의 혐오 아래로 나동그라진다

책 속에는 가시 달린 화두가 다리를 꼬고
매 순간 나를 물어뜯는다
갈기 세운 질문의 탄저병이 이데아* 속을 칭칭 감아 쭈
그러뜨릴 때까지

오늘은 시인의 형극을 할부로 갚고 있는 인생의 어느 단편
페르소나*를 벗는다
그것은 DNA 속에 박혀 지워지지 않는 시인의 별명

깜박깜박
커서의 불빛 검정 시그널
싯구가 방지 턱에 걸려 넘질 못한다

〉
시베리아를 건너지 못한 텃새가 절대 감속하는 사이
배앓이 하던 단어가 꽃잎처럼 난분분하여 밀려든다
이것이 자족의 낯짝인지
시작詩作의 숙취를 씻고
이제서야 방황의 노고를 접수한다

하지만
지면 위에서 휴식은 글자뿐
만나기 어려운 행운 같은 나의 가사歌詞여

나는 매일 시를 처음 쓴다

* 이데아 : 순수한 이성에 의하여 얻어지는 최고 개념. 플라톤에게서는 존재
  자의 원형을 이루는 영원불변한 실재를 뜻하고, 근세의 데카르트나 영국의
  경험론에서는 인간의 주관적인 의식 내용, 곧 관념을 뜻하며, 독일의 관념론
  특히 칸트 철학에서는 경험을 초월한 선험적 이데아 또는 순수 이성의 개념
  을 뜻한다.
* 페르소나 : 그리스 어원의 '가면'을 나타내는 말로 '외적 인격' 또는 '가면을
  쓴 인격'을 뜻한다.

아이덴티티

옷을 입는 순간부터 나는 옷이 된다
세심하게 옷을 골라 그 속으로 들어가 세심한 옷이 된다

옷과 한 몸이 되지 않는 한
영영 비난의 신앙이 되고
초대받지 못한 내가 장벽을 넘다가 기화氣化하겠다

이곳에선
나를 전위적으로 삭제해야 하고 오로지
옷이 되고
신상 신발이 되고
명품 핸드백이 되어야 한다

그건 독선의 퍼포먼스가 아니라
'나'란
거대한 당신들의 종속변수*이기 때문

우리는 포노사피엔스*
손가락 사이에서 유행 브랜드가 마하의 속도로 배달된다
순수이성*이란 최장기 할부로 긁으면 그만

적응하지 못한 여행자가 제목을 부여받지 못해 고독사

하는 사이
 무엇으로 변할지에만 포커스 맞출 뿐
 어떻게 변할지엔 위조하는 습관이 생겼다

 옷이 아닌 인간연습을 한다

 내일은 맨발로 출근할까 부다

 원시의 나체로
 당신들의 눈동자 속에 참값으로 오차 없이 살고 싶은

 나는 옷장에 갇힌 엄마 잃은 아이덴티티

* 종속변수 : 독립변수에 영향을 받아서 값이 변화하는 변수
* 포노사피엔스 : 스마트폰을 신체의 일부처럼 사용하는 인류
* 순수이성 : 경험 또는 인식을 가능하게 하는 선천적 인식 능력. 칸트 철학
  의 기본 개념으로, 넓게는 신, 세계, 영혼 따위의 선천적 이념의 인식에 관
  계되는 고차원적인 인식 능력.

문자가 도둑처럼 사라졌다

신문명이 내게서 앗아간 문자의 수다들
단속 중인 문자와 소원해지는 사이
내 안으로 숨어드는 탯말*의 독립선언

단단히 매어 두고 싶었던 문장의 올이 풀리고
단어와 단어 사이의 예절마저 사라지면
우리 동네 도서관은 폐쇄되고
너의 할아버지 묘비명마저 웃음거리가 되겠지

우리는 서로를 향해 침묵을 질러대기에 바쁘고
문자는 벙어리가 되어 초록 초록한 수화마저 믿질 못한다

갈 곳 없는 의미가 갓길 끝에서 갈팡질팡할 때 지금은
문자의 낯을 깎아내야 할 경건의 정오正午
언어의 메카를 향해 엎드려 절하자

문자의 상식이 실종된 책장엔
자음과 모음만이 겨우 팬티만 걸쳐 입고 있다

난잡한 방언을 쏟아내는
엿듣는 전봇대가 매우 불쾌한
여러날 오늘의 묶음들

복구 중인 창공 위로
신조어들이 시큼해진 글자를 조작하며 참−새를 물고 날
아간다

문자를 빌리지 않고도
나를 줄 수 있는 시간은 너무 비좁아 숨이 차고
집 떠날 땐
휴지통에 가득 찬 문자는 잊지 말고 비우자

서랍 속 감춰 두었던 문자가 도둑처럼 사라졌다

* 탯말 : 표준어의 대칭 개념에 있는 '사투리'라는 말의 신조어.

대추 털이

청포도 빛 물 젖은 하늘에 점점홍 꽃피어 있는
저것은 맛깔스럽다

할머니의 소설책 첫머리처럼
아득하게 살결 고운 대추 향기
담장을 넘어와 구애하고
쪼그라든 철문을 털어내자
기역자 허리로 동그랗게 내다보는 할머니
삭아진 달력 안에서
보드랍게 나를 꺼내 읽어 보신다

기별도 없이 하강한 햇살들은
주름지고 말라비틀어져 침샘마저 겉잠 들고
비닐 포대 하나
나무 무릎 아래 호수로 펼쳐본다
키만 한 작대기가 허공 위에 안부를 새기는 동안
와인 빛깔 농익은 별들이
할머니 슬리퍼 자국 위에 발을 포갠다

틀니를 한 창문 안 내비치는 얄따란 세간살이들
꾸들꾸들 말린 목소리가 생즙을 짜낸다

"우리 애들도 줘야 하니 많이는 가져가면 안되우"

한쪽 가슴 고장 난 가스레인지 위에선
찌그러진 기다림 펄펄 끓어 넘치고

나는 애먼 대추나무만 불이 나게 내리치다 호수에 빠졌
다

목비처럼

아사삭 아사삭

다디단 목비*를 베어 무는
벼의 입술은
그렁그렁
촉촉하다

우두둑 우두둑

우의 위로 여여한* 강물이
농부의 주름 밭 이랑 사이를 훑고 지나
직립하여
쌓인다

어느 집 곳간에 덧놓일
송이송이 땀 알들인지
풍년을 구축하는 목비는
푼푼이 한 톨의 결여마저 치유한다

철벅 철벅

노쇠한 장화에 피어나는

진흙 꽃이 싱그럽고
푸른 내 뛰어다니는 들녘에
백로 한 마리
하얗게
박혔다

그렇게 그렇게
어디선가
나도
목비처럼
하얗게
누적되어
풍요로
박힐 순 없을까

* 목비 : 단비(오랜 가뭄 끝에 내리는 비)중에서도 으뜸인 비.
* 여여하다 : 한결같다. 무성하다.

이별을 앓는 밤

마침표 없는 극야極夜*
핏발선 눈이 낭비하는 습관

소소리바람 살품으로 배어들고
유리창엔 범벅이 된 독설이
서리꽃으로 열렬히 지고 있다

달을 꿀꺽 삼킨 하늘이
번쩍번쩍 금이 가며 쪼개질 때마다
마당 한 켠 너도밤나무의 멈추지 않는 주정
쉬이 달래 질 것 같지 않은 시난고난*한 곡절이 울렁인
다

축축한 밤은 목이 말라 바삭바삭 쌓여가고
열나절 푸념은 비틀거리다
주룩주룩
잠을 헤집고 납치된다

방구석엔 맥주캔이 폐인처럼 구겨져 울고
설거지는 싱크대 안에 철퍼덕 누웠다
그래도 진부한 아침은 예약 없이 오리라

＞
어떻게 알고 나 대신 가슴에다 북을 쳐댔는지
포르스름
찡그린 새벽이 멍든다

* 극야 : 극지방에서 겨울철에 해가 뜨지 않고 밤이 지속되는 기간.
* 시난고난 : 병이 심하지는 않으면서 오래 앓는 모양.

홀로 끄적이는 가을 정경

대성산은
자개장롱 속에서 색동저고리를 꺼내 입는다

나전칠기 공예품 속에서
숨 자락 끌고 빠져나온 나비 떼
천지에 펄럭이고
꽃잎의 파도는
방분芳芬한 물보라를 일으키며 홍건하다

시월의 태양이
점심나절 깔아 놓은 구들장
눅눅했던
나무둥치 속 살림살이들을 툴툴 털어
널어 둔 채
나,
억새밭에 그들인 양 흔들리고 있다

저만치

여름 장마에
쓸려갔던
사랑이

폴폴
포개어진 능선 사이에서 샘솟는가 싶더니
풀숲으로
왈칵 쏟아져
걸음마다
들국화는 동의 없이 웃자라고
가을의 문턱을 넘지 못한
구겨진
그리움이
곱송그린 나래를
퍼덕인다

옛사랑

서랍 밑 청춘의 지갑에서
진화하지 못해 풍화된
쪽 사진 한 장이 달맞이꽃으로 불쑥 들어왔다

눈물은 짧았고 그리움은 아름답게 길었다

시외버스터미널에서
너는 끝내 그림자를 내주지 않았고
내 현관에 발자국을 벗어둔 채 양말의 굽이 시들었다

우리의 여행이 다음 역에 정차할 수 없다는 걸
외면한 내가 나를 도외시했다

역주행을 해서라도 너의 속지가 되고 싶었지만
소금기둥이 되어버린 너의 반듯한 변명에는 스위치가
없었다

저녁이 닿아서야 아침이 그리워지듯
겨울이 불고서야 네가 봄인 것을 알았다

꼬리 긴 꽃샘추위 제풀에 폐간되고
네가 멀리서 나의 파손을 쭈욱 개입하고 있었다는 걸

너의 친구로부터 소유권을 이전받지 말았어야 했다

* 달맞이꽃의 꽃말 : 기다림

신발 찬양

적어도

너는

가장 밑바닥에서
가장 위대한 일을 한다

제4부

외
계
인
의 고
백

살아 있는 죽음은 탄생으로의 회귀

발효는
반드시 산소가 없는 상태여야 한다
분해되면서
본 재료는
식멸熄滅*하고
그리하여
새로운 피조물이 수태된다

깊은 맛을 원한다면
깊은 숨을 쉬기 위해
기꺼이
고체의 산소를 살해해야 한다

나를 숙성시키기 위해
본질을 누락한
나의 실존은 그렇게
삽을 들고 파묻어야 한다
이론뿐인 현실의 가상과 함께

이미
살아있는 죽음은
탄생으로의 회귀다

* 식멸하다 : 불이 꺼져 없어지다. 흔적도 없이 없애버리다.

기다리면 올까요

기다립니다

장 보고 뒷걸음질 치며 오는 신선한 엄마
미끈한 양손에 열려 있는 맛난 사랑의 목록들
횃불같이 나를 노래하는 초롱초롱한 호명의 윤곽을

하굣길
코스모스 탐스러운 풀섶 곁으로
손바닥 부딪치며 가는 심벌즈의 하릴없는 수다꽃
그 함박웃음 물고 가던 둘도 셋도 없는 짝꿍의
상큼한 고집과 독창적인 에드리브를

포도알 하나 더 먹겠다고 미간이 휘어지고
몇 개 되지도 않는 TV 채널을 훔치다
박살 난 우애를 들고 작살나게 벌서던
언제나 나보다 한 발짝 낡아 있는 울 언니를

기다리면 올까요
아름다운 사람들이 더 이상 흘러가지 않고 돌아올까요

영원한 현재는
영원해져 버린 어제들을 부르지 못하나 봐요

영원하지 않은 내일엔 그 기다림마저 기다려 주지 않는
가 봐요

그래도 나는 기다릴까요

내가 보내고 싶은 하루

오늘이 기상하면
차장車掌이 없이도 하루가 저절로 출발합니다.

KTX처럼
뜀박질에 날개를 재봉할 수도 있지만
말캉말캉
푸딩처럼 걸어가도 되겠습니까

마실 나가는 구름의 뒤꽁무니를 따라
변명의 기초 따위 암전 속에 가둬두고
짜지 않게 흘러가도 되겠습니까

배추흰나비의 둥그런 길을 따라
명화名畫속으로
속절없이 날아가 포말로 반영되는 것

무엇보다
세상에게
말을 걸지 않아도 되겠습니까

한낮의 등불을
속주머니에 슬며시 넣어두었다가

어스름이 장독 안에서 제맛이 들면
방임하던 나를 꺼내
커피잔 속에
설탕 대신 퐁당 떨구어
곤고하지 않게 데워지다가
밤을 부르는 흰 달이 되어도 되겠습니까

달려갈 수 없는 길

연모가 스토커처럼 찍혀있는 수신 번호
메시지가 뼛가루가 되어 흩어지면
사방은 바람칼로
넝쿨 진 인연을 수리하러 연장을 들고 일어서고

흥행과는 상관도 없는 영화 속 필름처럼
흘러온 시침의 주저리 주저리는
1초씩 소실되며
방구석은 피멍이 들었다

뜨거운 비는 부패하여 쌓이고
영하의 체온을 덥혀보려
천근이나 되는 몸을 뒤틀어 가라앉혀 본다

사각의 틀 안에서 뛰쳐나온 치열 고운 웃음소리
농무 자욱한 가슴을 도륙하고

벗어놓은 셔츠엔 못다 이룬 꿈이 펄떡이는데
내일의 전설이 된 이름 석 자
까마귀 되어 꺼억 꺽 되삼킬 쯤
눈가엔 잘려나간 이슬의 기포가 부글거리고

끊어진 길 위에서
오지 않을 내일을
나는 당신과 함께 달려가고 싶다

모놀로그*

모르겠습니다

내가 안다고 생각한 것들이
어느 날 환귀還歸 하니 아는 것이 아니었습니다
그것은
하늘과 땅, 햇빛과 그늘의 지침으로
무지를 인지하는 지혜스런 각성

알 수 없는 것들조차 알려고 했던 과욕은
신神의 도용
용서를 구할 누군가와 와이파이가 터지지 않아
나는 용서되지 못합니다

큰길에 나를 응집시키지 않고
빈곤한 길에도 응결할 수 있는
존재하여 존재하는 것들을 사랑하며
의미 없는 의미마저 현상의 가치를 두는
그런
그런 나를 잉태해 주세요
그런 나를 낳아 주세요

되돌이표

되돌이표

길고양이에겐 길이 없다

아스팔트 늪 위에선 속도를 줄여야 해

인간의 탈을 쓴 자동차의 궤적을 벙긋거리며 따라가는
건 극단의 도박일 뿐

콘크리트 벽 사이를 추월할 땐 사람들의 얼굴에 라이트
가 켜져 있는지 밝혀야만 해

감기 든 빗방울에 찔리기 싫다면 훌쩍거리는 거리를 휘
어서 가렴

너의 배꼽이 더 궁색해지기 전에 흙 때 낀 손톱이라도
공모해 보는 게 어떨까

사람들은 그리 담백하지 않아

아파트 협곡 사이로 잿빛 갈비뼈를 조롱당하며 간다면
눈알이 검게 변한 생선을 십자가에 걸어둘지도 모르지

뒤꼍으로 가보자 아카시아나무 아래 먹다 버린 뼈다귀
의 살점이 갸르르릉 윤회의 종식을 회고할지도 몰라

집으로 가는 길은 답보다 어려운 질문이야 빠른 길 찾기
로도 검색이 안되거든

 붉어져만 가는 선택 속에서 낭패를 감추고 그루밍이라
도 하자

 두터운 광설이라도 온다면 요람은 무덤으로 환복할 텐
데 수심水深 깊은 밥그릇엔 벌레 먹은 달빛만이 두리번두
리번 운두*에 기대이겠구나

* 운두 : 그릇이나 신 따위의 둘레나 높이

열리지 않기 위한 문

봄은
햇빛의 팔목에 묻혀
골목의 가지마다
홀씨 되어 찰랑이는데
나는
여전히
미열이 끓는
눈밭 위에서
고뇌의 모종을 나열하고 있다

세상에서 가장 열기 어려운 문은
나를 향해
부서질 듯 옥죄고 있는
한 겹의 아지랑이 문

열리지 않기 위한 문의
손잡이는
안쪽에만 달렸다는데

줄탁*을 해 줄 임상실험자를 찾아
쇠망치를 빌리러
온 길을 간 길을

회전하고 선회하다
열린 문이
나의 비번을 잊었다

* 마음의 문을 여는 손잡이는 안쪽에만 달려있다 – 헤겔
* 줄탁 : 알에서 병아리가 나오려고 연약한 부리로 알 껍질을 톡톡 쫄 때 밖
  에서 어미 닭이 그걸 알고 동시에 알 껍질을 부리로 쪼아 알을 깨고 나오게
  만 드는 것 – 줄탁동기의 줄임말.

외계인의 고백

나는 슬픔 뭉텅이
하지만 웃음을 집에 두고 다니지는 않아요
페르소나
그건 내 비애에 덮개를 씌우는 작업이랍니다

햇볕은 유리 상자 안에 거주하는 내면의 바깥으로만 쏘
다녀요
이쪽과 저쪽의 경계는 나만 아는 비밀이랍니다

아무에게도 말할 수 없었어요
나에게만 냉소적인 저 햇볕의 소외를, 따돌림을, 기피를

그래서
빈 상자 안에는 온기를 재배할 수 없어
아주 상세하게 적막한 추위가 자라요

우리 집고양이 코코처럼
저도 사람들과 언어체계가 다른가 봐요
통역사가 필요할 것 같지만 다행히
말이 말로 들리고 말로 말을 하지만 말의 알살*을 감지
하지 못해
불협화음이 습성이에요

〉
언젠가
수백만 광년 떨어진 행성에서 나를 찾아 광속으로 내달
려오는 이가 있다면
그때
비로소
나의 슬픔과
나의 비언어와
나의 희귀한 정체성과 화해할 수 있으려나 봐요

* 알살 : 아무것도 걸치거나 가리지 않은 채로 드러난 몸의 살. 속살.

외로움의 메커니즘

공복에 두들기는 허탈처럼
나에게 육중하게 도달하는 너

무리에 가두리 되어 둥그렇게 가공되어도
보조개는 깊게 열릴 텐데

하늘도 없이 날고 있는 나는
감소해서 수척한지 수척해서 감소한 지
고갱이*의 속살이 베어진 채 낭창,
공황이다

너를 삭제할 유치장의 면적은 만원
신고해도 나를 고소할 시선의 역방향들

우리,
여러 달 건너편 가장자리에 다다라
상습적으로 소원해지면
어둑어둑 키스하고 출구 없이 돌아서면 안 될까

낯짝은 불처럼 익히지 않았으면 좋겠는데
뜯기지도 않고 역류하며 착색되는
미치게도

그런
네가
나였다

*고갱이 : 사물의 중심이 되는 부분을 비유적으로 이르는 말.

휴가

그늘 갑갑한 광장을 지나 산길로 찾아들면
보쌈당한 햇살은 계곡물에 희석되어 침잠하고
바람 향내 고즈넉한 시계꽃 시공時空의 가지 위에 피어
있다

신열에 들뜬 아스팔트 뒤돌아선 외지
세월 녹여 바른 나무둥치에 땀내 절은 가슴뼈를 부벼대
고
도시 생활의 사설을 벙어리처럼 풀어놓는다

샛노란 잠자리가 단독공연에 분주할 쯤
지나간 젊은 꿈이 티켓 한 장을 끊고 가면
매진된 소음 옆으로 모로 누운 눈꺼풀이 졸립다

일용직 물고기들이 된장 내음새에 꼬여 들고
허름한 강돌 유치장에 갇혀서도
헤벌쭉 헤엄치는 꼴은 위층 박과장의 품새

산새들이 퇴근하고 간 자리
네온사인 대신 공과금 걱정 없는 달이 피고
준열한 세상살이 시비 대신 연실 속삭대는 밤 식구들의
유려한 언어

〉
　맘의 눈빛은 너덜너덜해진 사표를 자갈 밑동에 재워두고
　사연 그칠 줄 모르는 계곡의 찬 입김이 뒷덜미를 타고
흐른다
　농로를 지나 귓가에 따라와 맴도는 풀숲의 시계꽃이여

　돌아서면
　거미가 다시 머릿속에 집을 짓는다

흐르는 모든 것의 중심은 나

스쳐 지나가는 모든 것의 중심은 나

이번
생애의 조도照度를 높이며
세상을 열고 나간
미토피아*를 만나
조언하고 싶은 건

비껴가는 시간이 마개를 닫으면
대자연의 지류에 나를 맡겨
몇 미터씩이라도 낮아질 것

잰걸음
목줄 채우고
유전인자 속에서 흘러온
앞서 흘러간 이들의
단잠과 쓴잠의
염색체 정보를 배열하며
나를
정지합니다

그래서

해가 흐르고
달이 흐른 뒤
나조차 세상이 되고 시간이 되어 나로 흐르는
마술 같은 사이클의 감탄사를
후렴구로 흘려보내렵니다

* 미토피아 : 나에게만 있는 세상

백운계곡 흥룡사에서 한 해를 접으며

달력도 마지막 패를 던지는데
한 줄 써 놓은 것도 한 줄 지운 것도 사실이 없다
초록을 떨군 잎사귀 돌돌 말리어 어느 족적에 이울다
없음의 분자로 없음이 되려는지

신라 천년 고찰 흥룡사로 오르는 길
증식하는 바람 비에 나를 내포하고
구석진 운명에 승순*한 돌멩이 하나 석탑 위에 부었다

스님이 내주는 오미자차 한 잔에
결핍의 결정結晶이 용해되면
개나리가 울고 목련이 짖어대던 날도
인등이 줄지어 야단법석하던 날도 비나리하여
깎아지른 굴복은 잠잠한 일억 년을 하감한다

아침 문안 한 벌의 수저가 찰나였고
어머니가 사무칠 유암의 밤은 사선으로 달려와
기암괴석 너럭바위 위에 검은 낮을 걸쳐둔 채
오르지 않는 산을 지나 일주문에 닿으면
빈 호흡은 쓸쓸함을 잘게 썰어 돌계단에 배접한다

눈꽃이 명중하는 계절에 돈오하지 못해

밖의 내면을 떠도는 유령이 슬프다

* 승순 : 윗사람의 명령을 순순히 좇음. 순종.

잠들 수 없는 나무
– 이태원 참사 추모 시

나에게도 만개한 꽃 한 송이가 자란다

핼러윈 축제가 있던 날
밖으로 나간 꽃 한 송이 소식이 닿지 않았다
달은 창백했고
자지러질듯한 눈동자는 회전교차로에서 맴을 돌았다
수화기 너머로 꽃의 숨소리 다량의 중심원을 그리며
나의 밤은 헛헛함을 메꿨다

하루의 숫자가 한 숟가락 더해지자
세상은 절망의 포화 상태로 술렁였다

고대 켈트 민족의 풍습에서 유래했다는 핼러윈 데이
외제 축제는 번화한 밀집을 고집했고

이태원 해밀턴 호텔 옆 가녀린 골목길
꽃들이 춤추던 왁자지껄한 숲에선
서로에게 밟히고 짓눌린 처연한 꽃물이
억울한 길바닥 위에 노을빛으로 물들었다

산불처럼 번져오는 불길 속에서
희망의 잔해를 찾아 침몰하던 밤

그렇게 내 꽃, 당신 꽃, 허덕이다
보이지 않는 명단에서 채굴한 예쁜 꽃 하나

죽어도 죽지 못한 이들이
코스튬 복장을 한 채
시침 속에 산화된
골목에는
탈색된 꽃 대신
백오십구 그루의 나무가 박제되어 뿌리를 내렸다

연꽃과 십자가

- 종교 1

모내기 철 주일에도
저고리를 백옥같이 문지르고
교회 나들이하느라 시집살이를 불가마 속에서
빚었다는 외할머니

모태신앙으로 잇대어진 울 엄마
불교 장손 집안에서 제사상 기획하느라
일생 설거지물이 보랏빛 여울이 되었는데
늘그막 막내딸 쫓아 교회에 입회했다가
인사를 합장으로 표기하는 바람에
목사님의 눈길과 접촉사고 난 나의 이마엔
식은 오일이 기진했다

하릴없이 방문한 언니 집
솥뚜껑 운전밖에 할 줄 모르는 그녀가
다니는 절까지 다리를 놓아 달라고 해서
사문寺門에 갇혀
찰칵찰칵 설법에 셔터를 누르다
'아멘' 하고 추임새를 넣어
법당의 물꼬를 틀어막을뻔했다.

향수 대신 향내의 뼈대를 오독오독 흡입하며

방학이면
절간에서
부표 하나 없이 허우적거리다
반항처럼 성가대에 서서 집사란 호칭에 호응하지만
반야심경과 주기도문이
짜깁기 되어 튀어나올까
피카소의 그림이 삐걱댄다

백미러에 십자가를 목매단 채
크레졸 냄새나는 세 스님의 눈총을 태우고
역까지
울그락불그락 기어간 길의 도로명이 바로
「천로역정*」

나무로 만든 십자가에 연꽃이 핀다는 건
고난의 원칙을 벗어난 금기의 수난이다

---

*천로역정 : 영국의 작가 버니언이 지은 우화 소설. 신의 노여움을 두려워하
는 한 기독교인이 갖은 고난을 겪고 천국에 이르는 과정을 그린 작품으로,
신앙 형성 문제를 다룬 종교 소설.

교회의 다락방이라도 좋다
  – 종교 2

구원이 구조를 원했다.

대학교 때는
CCC* 친구에게 전도해 달라 선교해 달라
여러 날 시그널을 보냈고
갯벌에 숨어있는 교회들을 쿡쿡 찔러보며
오직 생명이 닿기만
온 누리를 자전하고 공전했다

말씀은
난독증에 시달렸고
제우스의 신전보다 까마득했다

좌표 위에서 영과 접점하는 목사를 따라
기도원의 마천루에 올라가 절곡했지만
퍼즐 한 조각 때문에
성령님의 신방이 낙오되었다

누군가는 훌훌 국 사발 들이키듯
방언을 술술 뱉어내더니만
은사는 은혜 빠뜨린 돌연변이로
전학 가는 교회마다

시험에 시달려 쓸모없었다

믿음이 절망과 오버랩 된 신앙의 올림포스

천상의 교통신호를 잘 지킨
단 한 분의 목사님만이
교회 창고에 30촉 백열등을 켰다

* CCC : 'Movements Everywhere'(어느 곳에서나 영적 운동을 일으키기)라
  는 비전을 가지고 성령의 능력으로 사람들에게 그리스도를 전하고 믿음을
  훈련시키고, 이들이 다른 사람들을 전도하고 제자화 할 수 있도록 파송하여,
  지상 명령을 성취하도록 돕는 단체

사이펀
현대시인선
19

나는 여기 있습니까

안영숙

단절된 세계의 매듭을 찾으려는
시적 여정

정 훈
(문학평론가)

단절된 세계의 매듭을 찾으려는 시적 여정
- 안영숙의 시 세계

정 훈
(문학평론가)

　현대인의 소외와 고독은 어제오늘의 일만은 아니다. 어
찌 보면 인간은 시간을 막론하고 늘 고독한 존재였다. 그
래서 그 쓸쓸함의 기원이나 해방구를 놓고 왈가왈부했는
지도 모르겠다. 수많은 종교와 철학은 그러한 폐쇄되고 풀
릴 길 없는 실존에 희망을 찾기 위한 여정이었다고 해도
과언이 아니다. 점점 소외와 고독의 울타리에 갇히는 듯한
현대인의 기분과 느낌은 현대시에서 곧잘 표현되곤 한다.
근대가 시작된 이래 문학예술의 방향은 인간이 진보라 믿
었던 각종 이성과 실천이 결국 인간 자신을 옥죄는 올가미
가 되어버렸다는 자괴감에서 벗어나려는 의지와 이어졌다
고 보아야 한다. 그러나 무한히 반복되는 시시포스의 돌처
럼 영원히 벗어날 길 없는 실존적인 한계에 묶여 있는 상
태에 대한 절망 속에서 우리는 살아간다. 여기에서 일상은
자연스러운 삶의 속성에서 비롯하는 자연스러운 양태가
아니라, 숱한 아이러니와 모순들이 여기저기서 생겨나는

만화경이다. 안영숙 시인은 우리가 아무렇지도 않은 듯 영위하는 현대인의 삶과 의식에서 멈추어 이를 조심스럽게 관찰하면서 얻은 새로운 인식의 틈을 발견해 시로써 드러낸다.

그런 시적 방향은 대개 일상의 풍경과 시인이 평소 지니고 있는 인식적 접합의 과정을 거쳐서 나아간다. 시인이 보기에 세계는 감각과 인식의 스펙트럼에 질서정연하게 배치되는 현상으로 다가오는 것이 아니라, 이질적이거나 어울리지 않은 듯한 것들의 병치로 생기는 낯선 현상으로 다가온다. 현실이되 자연스럽게 받아들이기 쉽지 않은 시인의 마음은 늘 낯선 공간과 감각의 결합이 주는 그로테스크한 지각 경험에서 미끄러지거나 매몰된다. 이것은 현대인의 피로 양상의 일부다. 복된 세계를 구상하던 모든 거대한 프로젝트는 한낱 물거품이 되었거나, 거짓으로 치장되어 사람들을 속일 뿐이다. 안영숙은 그러한 세계 한복판에서 중심을 잃어 부유하는 실존적 개인의 미시적인 감각을 이번 시집에서 드러낸다. 단절과 소외에서 싹트는 시적 형상화에는 독법은 가능하되, 읽고 나면 어딘가 속 시원히 해결되지 못한 숙제 하나를 짊어진 듯 복잡한 생각 안으로 들어가는 기분을 느끼게 된다.

오늘을 듣고 배탈이 났다
그래도 내일까진
어제를 뱉어낼 테니 뱃속은 걱정하지 마시길

병원에선 불안성 우울장애란다 배는 안전하다

치명적이지 않음 단 한 글자도 낭비하지 않는 멘트

카메라에 바싹 구워진 아나운서들의 성형 미소가
개종한 사건 사고보다 기이하고
갈증이 리모컨을 찾다 말의 변비에 고꾸라진다

오대양을 건너온 숙성되지 않은 소설들이
눈 밑에 쌓여 조작된 피부로 단단해지면 다크써클이 된
다

만져지지 않는 남자가 소파에 누운 나를
간추린 기사도 없이 탈당시킨다

사람을 쬐지 못한 나의 9시는
침묵 한 수저로 조립공정이 씁쓸하고
디지털 세계는 재건축 꺼리들로 호황 중
뉴스 바이러스를 완전히 박멸시킬 수 있는 백신은 없
을까

이제 그만 풀지 못한 방정식의 코드를 뽑는다

조제 해 온 약을 먹고 다시 배탈이 났다

배와 정신 그리고 9시 뉴스는 밀접한 연관성이 있는 것
으로 사료된다

— 「9시 뉴스의 실체」

위 시는 "배와 정신, 그리고 9시 뉴스"라는 서로 연결하
기 쉽지 않은 소재들이 어우러져 기이한 연극의 단면을 보
듯 독자들로 하여금 착란의 세계에 빠져들게 한다. 화자가
진단받은 "불안성 우울장애"는 현실을 되비쳐 보도하는 아
나운서의 치장된 멘트와 만나서 뒤틀린다. 배탈이 난 화자
가 바라보는 뉴스의 세계에는 믿기 어려운 사건들과 믿을
수밖에는 별 도리가 없는 사건들이 뒤죽박죽이 된 채 화자
를 향해 방사선을 쏘듯 달려든다. 스펙타클한 세계에서 현
대인은 무엇이 진실이고 무엇이 가상인지 헷갈릴 수밖에
없다. 이것은 사건의 진상을 알리고 듣는 송신자와 수신자
의 일반적인 관계와는 다르다. 디지털 세계가 만들어 내는
정보량과 속도는 우리와 직접 연관이 없는 현실들까지도
우리가 모르면 큰일이 나는 것처럼 우리를 '협박'한다. 그
것은 현대인이 마주할 수밖에 없는 현실이다. 그 현실을
외면하더라도 언제든 그 진상의 주인공은 자기 자신이 될
수밖에 없다는 전언처럼 우리는 뉴스가 전하는 소식에 정
신을 집중한다. 혹은 산만하거나 느슨하게 '바라본다.' 화
자는 이러한 현실 속에서 멀미하고 배탈을 체험한다. 급기
야 "뉴스 바이러스를 완전히 박멸시킬 수 있는 백신은 없
을까" 해답을 찾으려는 포즈를 취한다. 하지만 그런 길은
없다는 사실을 화자는 모를 일이 없다.

외면하고 싶은 현실마저 마치 지금 여기에 일어나는 일처럼 신경을 곤두세워야지만 온전하게 살아가는 사람처럼 보이는 세계에서 시인은 고통스러워한다. 그것은 '배탈'이라는 신체적인 변화 양상으로 은유된다. 탈이 날 만큼 어질어질한 세계에서 취해야 하는 삶의 형식은 무엇인지 시인은 묻는다. 시인은 세계와 자아가 손쉽게 소통되지 못하고 어딘가 군데군데 막히거나 흠이 생긴 듯 버석거리는 느낌을 지울 수 없다. 신체와 환경이 조화롭게 놓이지 못하는 자리에서 마음은 세계를 의심하게 된다. 이러한 의심은 실존적인 의심이라기보다는 현실 세계가 가져다주는 이미지와 풍경이 감각적 형상에 자연스럽게 포착되지 못하는 '인식적 소화불량'의 상태에 가깝다고 보아야 할 것이다.

아침이 등을 세워 일어나면
1초가 하루 같고
1분이 영원 같습니다
오늘이란 무엇으로 갚아야 하는 입증일까요

그래서 잠을 선동합니다
그나마 잠을 자고 나면 시간이 한소끔 잘려나가 있습니다
그렇게 잠이 늘면 오늘이 줄고 나는 안도합니다

잠의 과잉으로 꿈속이 현실 같고 현존의 현실이 생경합니다

그래서 현실을 구명하러 꿈속으로 탈주합니다
밤이 턱밑까지 찰싹이면 굴종하듯 잠을 잇습니다

사람들과 대화를 하면서 잠을 선동합니다
사람들과 밥을 먹으면서 잠을 선동합니다
회식 때 열창하는 목이 칭얼대도 한켠에선 잠을 선동
합니다
그렇게
독단으로 독선의 잠을 선동합니다

하루종일 잠을 선동하고
한 달 내내 선동하고
살아져 있는 동안 선동하다가
어제가 정지하면
비로소
선동의 밸브를 잠그고 불후의 잠을 누이럽니다

- 「잠을 선동하는 트릭」

현실과의 괴리감은 위 시 「잠을 선동하는 트릭」에 진술
된 잠의 비유로 나타난다. "잠의 과잉으로 꿈속이 현실 같
고 현존의 현실이 생경"하거나, "현실을 구명하러 꿈속으
로 탈주"하려는 화자의 의지에는 순간순간의 현실이 주는
생경함에 적응하지 못하고 다음의 세계로 진입하려는 욕
망이 내재되어 있다. 이러한 소망을 가능하게 해주는 것이
바로 '잠'이다. 잠이 선동하면서 화자에게 이끄는 세계는

또 다른 하루로 변용되거나, 또 다른 오늘로 얼굴을 달리하는 현실이다. 그런데도 화자가 욕구하는 잠은 순간의 낯선 세계를 잊게 하는 약으로 작용한다. "어제가 정지하면/ 비로소/ 선동의 밸브를 잠그고 불후의 잠을 누이렵니다"라는 문장에서 온갖 선동의 형상으로 드러나는 현실의 소란과 '추醜'의 활개가 잠잠해지는 순간을 기다리면서 또 다른 세계로 추월하려는 화자의 욕망이 고스란히 드러난다. 화자는 '불후의 잠'이란 표현으로 잠의 세계에 영원히 빠져들고 싶다는 마음을 숨기지 않는다. 이런 마음의 내색은 현실에서 영원히 달아나고 싶어 하는 심리라기보다는 매번 이물스러운 현실이 주는 낯섦과 기이함의 세계에서 벗어나고 싶어 하는 마음의 표현에 가까울 것이다. 사람들과 소통하는 일을 비롯한 일상에서 겪는 경험에서 생겨나는 소외와 고독감은 현대인들로 하여금 새로운 세계의 공간에 안착하고 싶어 하는 마음의 욕구를 불러일으킨다. 이웃이 정겹게 어울려서 살아가는 오붓한 세계의 공동체가 주었던 편안함과 안식의 느낌이 사라지는 세계에서 시인이 그리워하고 갈망하는 세계의 풍경은 어떤 빛깔로 놓여 있을까.

나는 미숙한, 유치한 사람의 선생

벽에는 동물원이 자라고 식물원이 울창해지자
한 장 한 장 동화책 속으로 덜 익은 어른들이 아장아장
들어왔다

〉
입주한 손님들은 호빗족의 골룸처럼
악의 없는 악마와 불량하지 않은 천사가 불쑥불쑥 번
갈아 튀어나오고
가끔 실례를 한 작은 사람은 납작해졌다가도
씻기고 여벌 옷이 사라지면 다시 훨훨 산뜻하게 날아
다녔다

색종이를 접어 소를 키우고 장미꽃을 재배하고
색연필로 사과를 익히고 흰 강아지 털도 염색해 주며
봉사자들의 음률에 엇박자 박수를 연주하다가도
간혹 실례를 쏟고 만 나이 많은 아이는 잠시 모조품이
되었다가
공용 욕실에서 수치를 모르는 부끄러움을 털고 나면
다시 흐느적흐느적 옆길로 정갈하게 걸어 다녔다

엄마와 떨어지지 않으려 담쟁이처럼 붙어있는 아이를
부드득 떼어내어 차에 붙이고
오열하는 부름이 꺼질 때까지 엄마 흉내를 내고
낮잠시간, 낮처럼 놀겠다는 아이를 못난이 자장가로
모작의 밤을 불러와야 했다

빈집의 다리를 붙들고 땡깡, 억지 피우는 앞집 할머니
아침은 비워지지 않는 빈집 때문에 채워지지 않는 할
머니 때문에 울적하고

유치원 버스는 오도 가도 못 한 채 선생님은 파란 대문
을 시퍼렇게 울리고 있다

사회도 모르는 사회성을 기르고 귀가한
어린 풀이 포르르 엄마 품으로 달려들어 예쁜 숨으로
갈아 피울 때

저녁 6시가 되면 할머니가 푸르죽죽 들어선다
빈집은 만월滿月이 될 할머니의 손을 엄마처럼 뜨시게
잡아준다
할머니 파르르 빈집 품에 안겨 날숨만 쉰다
　　　－「첫 번째 유치원, 그리고 마지막 유치원 － 잡job 시리즈」

이번 시집의 2부에 실린 '잡job 시리즈' 가운데 한 편이
다. 유치원과, 아마 '요양병원'일 법한 '마지막 유치원'의
모습을 형상화한 시다. "나는 미숙한, 유치한 사람의 선생"
"사회도 모르는 사회성을 기르고 귀가한"이라는 언어유희
가 가미되기는 했지만, 아마도 위 시를 통해 시인은 아이
와 노인의 대비에서 인생의 아이러니를 말하려고 했는지
도 모른다. 인간은 사회적인 동물이라는 말도 있거니와,
말을 떼고 사회성을 기르는 나이가 되면 교육제도의 틀에
안착하게 된다. 태어나서 가정을 빼고 처음으로 편입하게
되는 사회인 셈이다. 유치원이 그 첫 번째 관문이다. 시인
은 '첫 번째 유치원, 그리고 마지막 유치원'이라는 시제에
서도 말해주듯 인간이 태어나서 가장 먼저 사회성을 익히

는 기관과, 죽음을 앞두고 가장 마지막에 들어가게 되는 기관의 대비를 통해 인간의 나약함과 왜소함을 나열한다. 시에서 형상화된 갖가지 행위들은 우리가 흔히 행해왔거나 마주하게 될 장면이 된다. 여기에서는 미래를 알 수 없는 희망어린 꿈과, 예견된 죽음을 앞둔 인간의 노쇠함이 극명하게 드러난다. 영원할 것만 같았던 삶의 푸른 기간이 한순간의 물거품처럼 지나가고 맞이하게 될 죽음의 그림자가 어른거리는 인생이다. 이는 절망과 슬픔만이 가득 찬 인간 생명의 단면이기도 하다. 하지만 인간 삶의 처음과 끝이 보여주는 숙명의 그늘만 보고 손쉽게 허무를 말해서도 안 될 것이다. 존재의 한계성을 누구나 인식하고 있듯이, 우리에게 주어진 삶의 과업은 과업대로 수행해야만 하는 책임감 또한 놓여 있음을 알 때 위 시가 환기하는 정조는 어렴풋하나마 보일 것이다. 한 사람이 태어나고 병들 때 이 세계는 그를 위해 준비한 제도와 풍속으로써 그를 돕고 보살핀다. 이러한 공동체적 보호는 인간 각자가 지닌 존엄성을 훼손하지 않는 범위에서 이루어진다. 인간 실존의 양상으로 보면 비극이지만, 인간사회의 측면에서 보면 오랫동안 이어져 왔던 사회적 보살핌 혹은 사회적 배려가 되는 것이다. 물론 시적 사유라는 프리즘을 통과할 때 위 시의 장면과 형상화들은 아이러니하지 않을 수 없다. 시는 그런 틈에서 세계를 바라보기 때문이다.

옷을 입는 순간부터 나는 옷이 된다
세심하게 옷을 골라 그 속으로 들어가 세심한 옷이 된다

〉
옷과 한 몸이 되지 않는 한
영영 비난의 신앙이 되고
초대받지 못한 내가 장벽을 넘다가 기화氣化하겠다

이곳에선
나를 전위적으로 삭제해야 하고 오로지
옷이 되고
신상 신발이 되고
명품 핸드백이 되어야 한다

그건 독선의 퍼포먼스가 아니라
'나'란
거대한 당신들의 종속변수이기 때문

우리는 포노사피엔스
손가락 사이에서 유행 브랜드가 마하의 속도로 배달된
다
순수이성이란 최장기 할부로 긁으면 그만

적응하지 못한 여행자가 제목을 부여받지 못해 고독사
하는 사이
무엇으로 변할지에만 포커스 맞출 뿐
어떻게 변할지엔 위조하는 습관이 생겼다

〉
옷이 아닌 인간연습을 한다

내일은 맨발로 출근할까 부다

원시의 나체로
당신들의 눈동자 속에 참값으로 오차 없이 살고 싶은

나는 옷장에 갇힌 엄마 잃은 아이덴티티
　　　　　　　　　　　　　　　　　－「아이덴티티」

　안영숙의 세계와 자아의 불일치에서 비롯되는 소외를 시 편들 근저에 깔면서 현대인이 겪는 부조리한 면면들을 시 적 형상화로 줄곧 표현한다. 위 시 「아이덴티티」는 그러한 특징을 대표하는 시가 아닐까 생각한다. "옷을 입는 순간 부터 나는 옷이 된다", "옷과 한 몸이 되지 않는 한/ 영영 비난의 신앙이 되고", "우리는 포노사피엔스/ 손가락 사이 에서 유행 브랜드가 마하의 속도로 배달된다" 등의 진술에 서 오늘날 내면보다는 외면에 더욱 치중하고, 겉으로 보이 는 형식으로 사람을 쉽게 판단해버리는 세태를 보여준다. 시인은 이러한 현대인의 풍속에 불만인데, 그러한 불만은 "옷이 아닌 인간연습을 한다// 내일은 맨발로 출근할까 부 다// 원시의 나체로" 등의 구절에서 현대인의 풍속에 대한 솔직한 반대 욕구를 표출하는 데서 증폭된다. 시인은 외면 이 그 사람을 표징하는 정체성이 되는 사회에 비판적이다.

어떤 옷을 걸치느냐는 달리 말해, 그 사람이 하고 있는 일이나 직업 및 생활 수준까지도 자연스럽게 반영된다. 사람이 사용하는 물건들과 재산과 같은 물질적인 기반이 바로 그 사람을 평가하고 지시하는 척도가 되어버린 요즘이다. 시인은 "당신들의 눈동자 속에 참값으로 오차 없이 살고 싶은// 나는 옷장에 갇힌 엄마 잃은 아이덴티티"라고 자신을 단정함으로써, 참된 내면과 자아로써 평가받는 사회가 되지 못하는 현실에 역설로 되받아친다. "엄마 잃은 아이덴티티"는 참된 자신의 정체성이 곧잘 오해되거나 다른 것으로 반영되는 것이 더욱 자연스럽게 되어버린 현대인의 속성에 대한 표현이다. 참된 자신을 찾는 것만큼이나, 타인들에게 참된 자신을 보여주는 일이 얼마나 어려운지 그리고 그런 올바른 진실의 세계가 얼마나 여기에서 멀리 떨어져 있는지 여실하게 드러낸 시라고 할 수 있다.

기다립니다

장 보고 뒷걸음질 치며 오는 신선한 엄마
미끈한 양손에 열려 있는 맛난 사랑의 목록들
횃불같이 나를 노래하는 초롱초롱한 호명의 윤곽을

하굣길
코스모스 탐스러운 풀섶 곁으로
손바닥 부딪치며 가는 심벌즈의 하릴없는 수다꽃
그 함박웃음 물고 가던 둘도 셋도 없는 짝꿍의

상큼한 고집과 독창적인 에드리브를

포도알 하나 더 먹겠다고 미간이 휘어지고
몇 개 되지도 않는 TV 채널을 훔치다
박살 난 우애를 들고 작살나게 벌서던
언제나 나보다 한 발짝 낡아 있는 울 언니를

기다리면 올까요
아름다운 사람들이 더 이상 흘러가지 않고 돌아올까요

영원한 현재는
영원해져 버린 어제들을 부르지 못하나 봐요
영원하지 않은 내일엔 그 기다림마저 기다려 주지 않
는가 봐요

그래도 나는 기다릴까요

－「기다리면 올까요」

  시인은 고독과 외로움의 근원이 어디에서부터 시작되었
는지 탐문하고, 그러한 고독한 실존을 제공한 이 세계와
현실에 대한 풍자의 눈을 거두지 않는다. 시인의 고독은
유한한 인간이 지니는 본질적인 고독이기도 하지만, 무엇
보다도 존재와 존재가 서로를 받아들이고 자연스럽게 소
통할 수 없는 데서 발현하는 고독이기도 하다. 여기에 시
간과 공간이라는 존재의 기본 원리가 부여하는 유한성에

서 벗어날 수 없는 인간이 마주한 한계를 인식하는 데서 생겨나는 절망도 포함된다. 이런 인식은 시인으로 하여금 시간의 축에서 이미 지나간 것들과 아직 오지 않은 것들이 공존하는 세계를 상상하는 것이다. 그 갈망의 중심에는 기억이 있다. 엄마, 학창시절, 유년시절 등이 잇달아 떠오르면서 그 시절을 추억하는 화자의 감정에, "영원한 현재는/ 영원해져 버린 어제들을 부르지 못하나 봐요/ 영원하지 않은 내일엔 그 기다림마저 기다려 주지 않는가 봐요//그래도 나는 기다릴까요"란 내적 고백의 양상이 들앉아 있다. 지나간 모든 것들은 아름답다고 했던가. 화자가 기억하는 과거는 지금 여기에 금방이라도 나타날 것처럼 환하지만, 시간의 흐름에 곧 지워져 버릴 것이란 예감에 불안해진다. 아직 오지 않은 내일도 지나가 버린 과거처럼 그리운 추억이 될 것임에 분명하기 때문이다. 그리워 기다리는 마음은 시인의 시적 고향처럼 시편들 한복판에 웅크리고 있는 것처럼 보인다.

스쳐 지나가는 모든 것의 중심은 나

이번
생애의 조도照度를 높이며
세상을 열고 나간
미토피아를 만나
조언하고 싶은 건

비껴가는 시간이 마개를 닫으면
대자연의 지류에 나를 맡겨
몇 미터씩이라도 낮아질 것

잰걸음
목줄 채우고
유전인자 속에서 흘러온
앞서 흘러간 이들의
단잠과 쓴잠의
염색체 정보를 배열하며
나를
정지합니다

그래서
해가 흐르고
달이 흐른 뒤
나조차 세상이 되고 시간이 되어 나로 흐르는
마술 같은 사이클의 감탄사를
후렴구로 흘려보내렵니다

－「흐르는 모든 것의 중심은 나」

시인이 보는 세상에서 결락缺落해 있는 것들은 결코 온전
히 되돌리거나 채워질 수 없는 채로 남아 있다. 한계는 한
계대로, 틈은 틈대로 남겨두는 것이 어쩌면 지혜의 하나일
수도 있다는 사실은 시인도 잘 알고 있을 것이다. 존재들

사이에서 서로 밀치고, 막혀 있고, 통하지 못하는 관계성에 대한 성찰은 결국 자아의 성채를 더욱 견고히 하는 과정이기도 하다. 여기에서 시인은 '나'의 새로운 인식으로 상승한다. "스쳐 지나가는 모든 것의 중심은 나"라는 단언에서 시인은 그 마음의 단면을 드러낸다. "나조차 세상이 되고 시간이 되어 나로 흐르는/ 마술 같은 사이클의 감탄사를/ 후렴구로 흘려보내렵니다"라는 구절에서 그 사실을 확인하게 된다. 이를 자기중심주의나 이기주의로 해석하면 안 된다. 세상의 중심이 나라는 사실은 모든 것을 주체적인 자신의 시각으로 바라보고, 흔들리지 않는 명료인 인식을 견지한 자아의 눈으로 세계를 해석하고 관조하려는 의지의 발상으로 보아야 할 것이다. 파편화되고 소통되지 못해서 각자 그로테스크한 형식으로 세계를 구성하고 있는 세상에서 시인이 바라는 점도 바로 그것이지 않을까. '나'를 잃어버리지 않고 '나'를 붙잡으면서 시간과 공간 속에서 흔들리는 모든 존재들의 솔직한 풍경을 보듬으려는 시인의 의지는, 결국 근대로 진입한 이후 단절되어 온 이 세계의 끊어진 마디마디들을 이어 붙이려는 시적 상상으로 나아간다. 이 과정에서 시인이 꿈꾸고 노래하는 세계의 맑은 표면과 속내가 밝고 환하게 드러나리라고 본다.

◆◆◆ 사이펀 현대시인선 ◆◆◆

01 유병근 시집 『꽃도 물빛을 낯가림한다』

02 송   진 시집 『미장센』

03 박   솔 시집 『숨』

04 김뱅상 시집 『누군가 먹고 싶은 오후』(2019 문학나눔)

05 조   준 시집 『유머극장』

06 배재경 시집 (近刊)

07 이문영 시집 『새』

08 정가을 시집 『바질 토마토』

09 송   진 시집 『복숭앗빛 복숭아』

10 이진해 시집 『칸나는 붉었지』

11 김선희 시집 『금성에 관한 소문』

12 길상호 외 『사이펀문학상 수상시집』

13 손애라 시집 『46억 년의 바다를 지나 그가 온다』

14 김명옥 시집 『옹알옹알 꽃들이 말을 걸고』

15 김미선 시집 『해독의 지느러미를 헤쳐간다』

16 송   진 시집 『럭키와 베토벤이 사라진 권총의 바닷가』(2023 문학나눔)

17 배주열 시집 『나도 매춘부다』

18 정안나 시집 『은신처에서 내려오는 봄』

19 안영숙 시집 『나는 여기 있습니까』